지금 이 순간이 시가 될 수 있다면

: 일상에서 예술가로 향하는 지침서

이광재

1992년 서울 출생
국문학과 예술학을 공부하였고
일상의 예술화를 추구하고 있음.

유튜브 '시와 시들지 않는 마음'
인스타그램 '내가 불러준 이름들(fadelessheart)'

지금 이 순간이 시가 될 수 있다면 : 일상에서 예술가로 향하는 지침서

발 행 | 2021년 04월 28일
저 자 | 이광재
펴낸이 | 한건희
펴낸곳 | 주식회사 부크크
출판사등록 | 2014.07.15.(제2014-16호)
주 소 | 서울특별시 금천구 가산디지털1로 119 SK트윈타워 A동 305호
전 화 | 1670-8316
이메일 | info@bookk.co.kr

ISBN | 979-11-372-4341-5

www.bookk.co.kr
본 책은 저작자의 지적 재산으로서 무단 전재와 복제를 금합니다.

시 창작 입문서

: 일상에서 예술가로 향하는 지침서

지금 이 순간이 시가 될 수 있다면

이광재 지음

- 차례 -

- 들어가는 글 -

1장. 지금 이 순간이 시가 될 수 있다면

1. '집 안'에서 시 찾기

2. '거리'에서 시 찾기

2장. 단편시론

- 시에 대한 이해 -

- 시 쓰기 지침 -

- 시 쓰기에 관한 고민들 -

- 시 쓰기의 지속과 성취에 관하여 -

〈 부록 〉 '정신'에서 시 찾기

- 들어가는 글 -

우리의 삶과 시 사이의 거리

시를 읽지 않는 시대입니다. 어쩌다 한두 편을 읽고 감상에 젖는 일이라면 모를까, 시집까지 읽는 사람은 드문 사회입니다. 어떤 이들은 우리가 시를 잊었다고 말합니다. 그러나 사실 시가 우릴 잊은 건 아닐까 생각하곤 합니다. 세상은 이토록 빠르게 변해 가는데 시를 둘러싼 환경들은 과거에서 바뀌지 않고 있으니까요.

아직까지 시는, 읽는 자리는 너무 엄중하고 쓰는 자리는 너무 혹독합니다. 아는 사람만이 말할 수 있고 모르는 사람은 잠자코 침묵해야 합니다. 스스로 눈치껏 모든 것을 깨우치기 전까지는 묵묵히 경전을 외듯 고개를 숙여야 합니다. 시가 너무 쉽게 다루어져도 물론 안 됩니다. 그러나 문학은 종교나 철학과 달리 옳고 그름에 대해 논하는 영역이 아닙니다. 저마다가 가지고 있는 현재의 위치에서 자연스럽게 느끼고 시작할 수 있는 정서 표현의 영역입니다. 그럼에도 사람들은 시를 대할 때 매우 부자연스럽고 경직된 모습을 갖게 됩니다. 시가 너무 고고하고 숭고한 것으로만 여겨진 탓입니다. '문학'이라는 학(學)에 갇혀 있기 때문입니다.

일상에서 멀리 떨어져버린 시와 시인들을 우리들 곁으로 돌려놓아야 합니다. 시인은 저 멀리 어딘가에서 살아가는 신비한 존재가 아니었습니다. 시 또한 책 속에서만 만날 수 있는 비밀 문자가 아니었습니다. 바로 '여기' 나와 함께 살아가는 사람들 중에 시인이 있었고. 나와 내 친구, 가족, 이웃의 '말'과 노래 중에 시가 있었습니다. 시가 가치를 지녔던 것은 그것이 선비나 도인, 교수의 이야기였기 때문이 아니라, 누구를 막론하고 향유할 수 있는 삶의 한 부분이기 때문이었습니다.

우리가 시를 읽고 쓰는 까닭은 지적인 소양을 쌓는다거나 문학적 업적을 남기기 위해서가 아니라, 당장의 우리 삶을 아름답게 하기 위해서임을 잊어서는 안 됩니다. 시는 공부해서 아는 것이 아니라 느끼고 탐구하는 것이며, 못 쓰면 부끄럽고 잘 쓰면 당당한 시험 답안이 아닙니다. 잘 쓰면 잘 쓰는 대로 못 쓰면 못 쓰는 대로 그 나름의 현재적 가치를 지니는 삶의 현시임을 기억해야 합니다. 시의 가치란 오직 그 시에 나타난 진실성과 고유성에 의해 좌우될 뿐, 그 시의 전문성에 의해 판가름될 수는 없는 것입니다.

우리가 각자의 지문과 주름을 가지고 살아가는 것처럼 시 또한 각 시의 '결'과 정서를 가지고 있습니다. 우리는 시가 가진 그 '결'과 정서를 느낄 때 내 삶이 가진 주름도 함께 어루만지게 됩니다. 시가 우리에게 감동을 느끼게 해주는 원리는 바로 이러합니다. 어떤 '특수하게 쓰인' 시가 감동의 힘을 갖는 것이 아니라, 내가 그리워했던 자국을 감각하게 해주는 '그' 시가 감동의 힘을 갖는 것입니다. 그렇다면 되도록 많고 다양한 사람들의 진실이 시로 담길수록 더 많고 다양한 사람들이 삶 속에서 감동과 위로를 느낄 수 있게 되는 셈이겠습니다.

이 책은 우리가 무심코 지나치는 일상의 순간들 속에 시가 존재하고 있음을 알려드리기 위해 쓰였습니다. 고급스러운 표현기술보다는 시의 본질적 의미를 전달하는 내용들로 이루어져 있습니다. 어떠한 것이 '시적 경험'이고 '시적 순간'인지 감각하실 수 있도록 20여 편의 예시용 시도 함께할 것입니다. 그 시들은 제가 직접 삶의 순간들을 헤매는 과정에서 쓰게 된 시들입니다. 각 시가 가진 동기와 사연은 여러분이 여러분 자신의 방식으로 시를 찾는 데 많은 참고가 될 것입니다.

부담 없는 내용들로 담았습니다.
모두가 일상에서 시를 느끼게 되기를 바랍니다.

-2021년 봄, 이광재-

- 지금 시대에 시를 읽고 쓴다는 것의 의미 -

어쩌면 누군가는 '지금 시대에 굳이 시를 읽고 쓴다는 것'에 대해 회의적인 생각을 갖고 있을지 모릅니다. 당장의 생계를 꾸려가는 일만으로도 벅찬데 시를 쓸 여유 같은 건 없다고 생각할지도 모릅니다. 만약 내가 시인이 되고자 하는 사람이 아니라면, 내게는 정말로 시를 읽거나 쓸 까닭이 없는 것일까요?

시를 '반드시' 읽고 써야 할 까닭 같은 것은 물론 없을 겁니다. 어떤 것에도 '반드시'라는 말은 있을 수 없으니까요. 시는 오히려 그런 '반드시'에서 벗어나기 위해 읽고 쓰이는 것이기도 합니다. 따라서 그런 당위성보다는, 시와 함께한다는 것이 어떤 의미인지 시가 삶에 어떤 도움이 될 수 있는지에 대해 이야기해볼 수 있을 것입니다.

결론부터 말씀드리면, 시를 읽고 쓰는 순간부터 여러분은 자동화된 삶으로부터 서서히 벗어날 기회를 얻게 될 것입니다. 기술이 발달하고 자본이 축적되면서 우리들은 자의가 아닌 타의에 의해 더 많은 것들이 결정된 삶을 살고 있습니다. 현실과 꿈의 간극이라는 거창한 주제를 꺼내지 않아도, 직업을 갖는 일부터 취미나 여가를 즐기는 방식 등 대부분이 기업과 사회에 의해 미리 결정되어 있음을 떠올릴 수 있습니다.

우리는 점차 생각의 기회를 잃어가고 있습니다. '회사원1', '회사원2' 등으로서 수행해야 하는 일만으로도 삶은 충분히 바쁘고, 내가 무언가를 간절히 원하기도 전에 '내가 원할 것 같은 것'을 기업과 매체들은 마구 생산해내고 있습니다. 물건을 사려고 해도 무언가를 보려고 해도, 우리가 가진 선택권은 항상 이미 정해져 있는 것들 사이를 고르는 일이었지, 무언가를 직접 만들어서 향유하는 일은 아니었습니다.

비좁은 선택지들에 좌우되며 살아도 삶은 무사하지만, 나중에 삶을 돌아볼 때 어떤 마음이 들지는 의문입니다. 기존의 가치를 재생산해낸 것 외에 '내가 태어났기 때문에', '내가 살았었기 때문에' 이루어진 일들은 얼마나 있었는가, 어차피 나 아니어도 되는 일들로 가득했던 세상 속에서 무얼 위해 악착같이 살았는가, 회의감이 들지도 모릅니다.

물론, 기성의 가치를 충분히 향유할 수 있었던 극소수의 사람들은 만족스러운 삶을 살았을 수도 있습니다. 그러나 그러한 위치의 사람이 되기 위해서는 수많은 경쟁에서 이겨야 했을 것입니다. 이기는 동안에는 또 커다란 비용과 많은 에너지를 소모시켜야 했을 것입니다. 그 결과 다른 가치들을 돌아볼 힘까진 남겨둘 수 없었을 것입니다. 스스로는 만족스러웠을지라도 주변까지 만족스러운 곳으로 가꾸기는 어려웠을 것입니다. 결국 어떤 입장에서든 더 큰 세상에 의해 좌우되며 살게 된다는 사실에는 다름이 없는 셈입니다.

시는 그러한 우리의 삶을 좀 더 자유롭게 해줄 수 있습니다. 현실로부터의 완전한 자유를 선사해주지는 못하겠지만, 오히려 그것을 긍정하고 내가 직접 많은 것을 만들어내고 느끼고 향유할 수 있도록 해줄 수 있습니다. 경쟁구도와 쟁취 시스템에서 벗어나 굳이 무엇을 소유하지 않아도 무엇에 이기지 않아도 삶을 무방한 것으로 만들어주기 때문입니다. 우리가 피곤했던 까닭은 우리가 원하기도 전에 존재하는 많은 것들 사이에서 계산기를 두드려야 했기 때문이지만, 이제는 그 계산기 자체를 쓰지 않아도 괜찮아지게 되는 것입니다.

시를 읽는 것이 피곤하고 머리 아픈 일이라고 생각될 수도 있습니다. 이전에는 생각하지 않았던 부분을 생각해보게 되니 어떤 면에서는 피곤한 일일 수는 있습니다. 그러나 그 피곤함은 맹목적으로 자동화된 삶을 반복하느라 지친 피곤함과는 질적으로 다를 것입니다. 전자는 의미가 창출되는 피곤함이지만 후자는 의미가 점차 사라지는 피곤함이기 때문입니다.

때로는 시에 대한 오해와 편견이 불필요한 피로감을 유발하기도 합니다. 이미 열린 방법으로 시를 향유하는 분들도 있지만, 대체로 시는 좀 품위 있게 향유해야 한다고 생각하는 분들이 많습니다. 어쩌다 한 번 가는 독서모임을 기다렸다가 멋지게 시를 낭독하고 오는 것은 매우 피곤한 일입니다. 시를 향유하는 것은 길거리에서, 버스에서, 친구를 기다리는 약속장소에서, 어디서든 내가 오고 가는 발걸음 속에서 이루어 가는 일입니다. 시집이나 필기구를 통해서 향유할 수도 있지만, 아무런 도구 없이 시적 순간을 알아채는 방법으로도 향유할 수 있습니다.

원고지 앞에서만 시인이 될 수 있다면 그것은 참 무의미한 시 쓰기일 것입니다. 책을 펴기 전까진 시를 느낄 수 없다면 그것은 매우 협소한 시 읽기일 것입니다. 시는 글자를 통해 열리는 세계가 아닙니다. 시는 몸에게 먼저 다가오는 것입니다. 시는 삶과의 마주침이며, 그것이 있은 후에야 비로소 문자로 옮겨지는 감각입니다.

시집에 담기 전에는 주고받을 수 없는 시란 매우 협소한 시라고 할 것입니다. 시인으로 등단을 하고 시집 발간회를 연 후에나 시를 나눌 수 있는 환경은 시를 쓰는 사람뿐만 아니라 읽는 사람까지도 답답하게 하는 환경입니다. 유명인의 시밖에는 접근하지 않는 대중들의 풍토와 그것을 유발한 시장이나 전문가들의 관습 또한 시 문학 발전에 커다란 정체를 유발하는 일이라 할 것입니다.

시는 결과 이전에 과정의 이름입니다. 시인은 어떤 시를 잃어버려도 문자를 잃어버리지 시 자체를 잃어버리지는 않습니다. 시인은 종이에 적힌 글자를 머리로 기억하기보다 그 원형의 감각을 몸에 간직하는 사람이기 때문입니다. 종이에 적힌 시만을 위해서 시를 쓰는 사람은 없습니다. 시는 결국 내가 무엇을 느끼고 생각하고 추구하는지를 더 잘 헤아려보고, 내게 소중한 것들이 내 삶에서 그냥 사라지지 않도록 마음 깊숙한 곳에 새겨내는 활동인 것입니다.

그런 점에서, 사회의 불안함 때문에 채찍과 달리기밖에는 알 수 없었던 사람일수록 시로부터 많은 것을 느끼게 될 것입니다. 가령 그동안 소통해보지 않았던 자신의 깊은 내면과 소통하게 되면서 스스로에 대한 학대를 멈추고 자신을 더 아껴주게 될 수 있을 것입니다. 다른 사람들과 시를 나눈다면 이전에는 감각하지 못했던 타인의 의미를 새롭게 감각할 수도 있을 것입니다. 그것은 타인에 대한 존중으로 이어지고, 다시 나에 대한 존중으로 돌아오는 일이 될 것입니다.

시가 바쁜 현실을 직접 바꾸어주지는 못하더라도, 가치의 전환을 통해 기존 질서의 재배치를 이루어줄 수는 있습니다. 이 시대에 시를 읽고 쓴다는 것은, 이렇듯 세상에 휩쓸리지 않고 살아갈 힘을 길러가는 일이라고 할 것입니다. 메말라가던 마음에 인간적인 품을 키우고 기울어졌던 감각에 균형을 되찾는 데는, 어떤 이해나 조건으로부터도 자유로워질 필요가 있는 셈입니다.

1장

지금 이 순간이 시가 될 수 있다면

1. '집 안'에서 시 찾기
(1) '냄비'는 어떻게 시가 되었을까

〈냄비와 냄비뚜껑의 약속〉

냄비 뚜껑을 보니 문득
작은 방패 같다는 생각
냄비는 좋겠다는
막연하고도 무책임한 그런 생각

끓어오를 때도 안아주고 감싸주고
덮어줄 누군가가 있다는 것
소고기는 하나도 남지 않은 소고기뭇국
반 그릇 간신히 쭈뼛거려도
지켜주고 가려주는 따뜻한 등이 있다는 것

반듯하다, 뚜껑이 덮인 냄비는
안에다 쉰 김치를 넣고 볶아놓아도
단정하다, 냄새 하나 풍기지 않고

그것은 약속,

냄비와 뚜껑이 맺은 결의.

지켜줄 테니 초라해지지 마
여기 있을 테니 방황하지 마

한 쌍이어서 씩씩한 것들
함께 있어서 든든한 것들

의연하고 꿋꿋한 폼으로
부엌 한 편을 견디고 선 모습이
어쩐지 부럽고 흐뭇한 녀석들

(2018)

이 시는 어느 날 '냄비'를 보고 쓰게 된 시입니다. 그 냄비는 어느 부엌에서나 있을 법한 흔한 냄비였고, 평소에도 수시로 봐왔던 냄비였습니다. 그런데 그날은 가스레인지 위에 놓여 있는 냄비가 단순히 조리도구가 아닌 조금 다른 느낌으로 비추어졌습니다.

냄비 안에 들어 있던 음식 때문이었습니다. 끼니때가 되어 냄비의 뚜껑을 열어보았는데, 아침에 먹고 남은 소고기뭇국이 소고기도 없이 반 그릇쯤 아주 적은 양이 남아 있던 것입니다. 어쩌면 찌꺼기일 수도 있는 것을 안 치우고 왜 이렇게 멀쩡히 두었을까, 불평스러운 생각으로 이어질 수도 있는 일이었습니다. 그러나 그런 생각보다는 내용물에 비해 너무나 단정하고 멀쩡한 냄비의 모습에 인상을 받고 있는 저를 발견할 수 있었습니다.

잠시 관찰해보니, 그것은 뚜껑 때문이었습니다. 만약 냄비에게 뚜껑이 씌어져 있지 않았다면 안에 든 빈약한 음식 때문에 냄비는 분명 초라하게 보였을 것이었습니다. 냄비뚜껑이 냄비를 지켜주고 있던 셈이었습니다. 문득 냄비와 냄비 뚜껑이 어떤 관계를 이루고 있다는 생각이 들었습니다. 우선 냄비 뚜껑은 냄비를 안아주고 덮어주는 존재였습니다. 냄비가 달아오를 때나 끓어오를 때나 함께하고, 냄새가 심하거나 상한 음식이 담겨 있을 때도 뒤돌아서지 않는 그런 존재였습니다.

뚜껑이 있으면 냄비는 품위를 유지할 수 있었습니다. 공연히 스스로의 자존감을 깎아먹지 않아도 되었습니다. 항상 속안이 가득 채워져 있고 씩씩할 수 있으면 좋겠지만, 누구든 어느 때엔가는 고갈되고 지치는 때를 겪을 수 있었습니다. 숨고 싶고 감추고 싶은 그런 때에 곁에 있어주는 냄비 뚜껑은 얼마나 듬직한 존재인가, 제 곁에도 냄비 뚜껑 같은 존재가 있다면 좋겠다는 생각이 들었습니다. 하지만 이러한 감정은 조금 무책임한 감정임을 알았습니다. 뚜껑이 일방적으로 냄비뚜껑을 감싸주는 존재는 아닐 것이기 때문이었습니다. 냄비 뚜껑이 냄비를 감싸주고 덮어주는 존재라면, 냄비는 냄비 뚜껑이 이곳저곳을 헤매지 않도록 항상 자리를 지켜주고 비워주는 존재였던 것입니다.

이때 저는 냄비와 냄비뚜껑으로부터 받은 인상을 무언가로 남기고 싶었습니다. 그래서 떠오른 생각들을 그저 과장 없이 글로 쭉 풀어 보았고, 원하는 메시지의 흐름에 맞춰 정리해보니 한 편의 시가 되었습니다.

끼니를 때우기 위해 냄비뚜껑을 열었을 때 그 안에 든 것을 보고 그저 황당해하는 데서 그쳤다면 쓸 수 없는 시였습니다. 사소한 듯 스쳐가는 인상이었지만 어딘가 조금 달랐던 그 느낌에 집중해 본 것이 '냄비'를 '냄비' 이상의 것으로 볼 수 있게 해준 것입니다.

◆ 과제

Q. 생활 속에서 문득 눈이 가는 사물 하나를 찾아보세요. 어떤 사물인지, 왜 눈이 갔는지 잠시 멈추어서 생각해보세요.

(2) '오이'는 어떻게 시가 되었을까

〈상태변화에 따른 오이의 불가피한 목소리〉

위축되어 있는 오이를 조금 더 누르면
힘들게 이런 바람 새는 소리가 들린다
'무슨 낙을 바라서 이 목숨 살아가고 있는가…'

그래도 물 조금 머금고 있을 때는
툭 떨어뜨려도
'사는 게 무슨 낙을 바라고 사는 일이던가.'
하고 덤덤한 소리를 낸다

그러나 오이의 피는 본래 향긋한 것,

갓 여물어 탱탱하게 물오른 오이는
씻어다가 콰직- 허리를 분질러도
'아따, 거 인생 아주 재미지구먼!'
하고 탄성을 지른다

마음이 싱싱하면야

패대기가 쳐지고 모가지가 꺾여도
너털웃음
왜 못 터트리겠어

꼬들꼬들 소금에 절어 있는 오이는
오독 오독, 조용히 오물거린다

(2018)

이번 시는 오이를 보고 쓴 시입니다. 정확히는, 오이가 떨어질 때의 '소리'를 듣고 쓴 시입니다. 어디에 쓰려고 사 놓았던 오이인지 냉장고에는 오랫동안 잊혔던 오이가 있었습니다. 이미 속까지 말라버린 오이였지만 뒤늦게라도 쓰기 위해 꺼낼 때였습니다. 오이를 바닥에 떨어뜨렸는데 소리가 조금 허탈하게 들렸습니다.

그때 저는 어떤 인상을 받았습니다. 지나치려면 지나칠 수 있는 사소한 느낌이었지만, 오이의 그 허탈한 소리에 왠지 마음이 갔습니다. 이 시들어 있는 오이가 지금은 비록 힘없는 소리를 내고 있지만, 처음 싱싱하고 건강하던 시절에는 분명 마트의 오이들처럼 통통거렸을 것이라는 생각 때문이었습니다.

문득 사람의 경우가 떠올랐습니다. 사람도 건강하고 에너지가 있을 때에는 웬만한 시련 따위는 기꺼이 즐겁게 이겨낼 수 있었습니다. 그러나 상태가 좋지 못하고 기운이 쇠했을 때는 작은 시련에도 절망적인 소리를 내게 되었습니다.

오이를 사람의 경우에 빗대어 생각하자, 싱싱하거나 마른 오이 이외의 다른 오이의 상태도 연상이 되었습니다. 싱싱하진 않지만 그렇다고 마르지도 않은 중간 상태의 오이도 있을 수 있었고, 소금에 절여져서 수분은 빠졌지만 탄력 있는 오이도 있을 수 있었습니다. 그렇게 오이들을 상태별로 정리해보니, '1.싱싱한 오이-건강한 사람, 2.약간 시든 오이-보통의 사람, 3.수분 빠진 오이-지쳐 있는 사람, 4.소금에 절여진 오이-현실에 적응, 혹은 초탈한 사람.'과 같이 대응시켜볼 수 있었습니다. 그리고 각 오이들이 가졌을 목소리를 상상해보니 위와 같은 시로 표현해볼 수 있었습니다.

실제 오이가 그러한 목소리를 낼 리는 없었습니다. 또 시든 오이가 정말로 지친 마음일지, 싱싱한 오이는 기꺼이 시련을 감내할 힘이 있을지 어떨지는 알 수 없는 것이었습니다. 그러나 약간의 상상력을 더해보았다고 오이가 기분 나빠할 것 같지는 않았습니다. 오히려 서로가 감응한 순간에 즐거웠다면 몰라도 말입니다.

대상이 무엇이든 그 상태에 공감해보는 태도는 우리를 환상으로 이끄는 것이 아니라 현실의 존재들과의 공감과 소통으로 유도합니다. 사물에 빗대어 사람을 이해할 때는 사사로운 감정이나 이해의 간섭을 받지 않기 때문에 더 온전한 감응이 가능해지는 것입니다.

우리가 사람이라고 사람에 대해서만 감정을 이입해볼 필요는 없을 것입니다. 식물이든 동물이든 무엇이든 결국 우리는 우주의 차원에서 보면 별다르지 않은 입장들이니까요. 세부적인 것들은 달라도 결국 주어진 생명을 살아내야 하는 동질의 운명에 처한 존재들입니다. 심지어 비생명일지라도 각각의 기능과 위치를 갖는다는 점에서는 그 나름 사람과의 공통점을 지니고 말입니다.

작은 오이가 오이 이상의 것을 떠올리게 할 수 있었던 것은 바로 그런 숨어 있는 연결고리 때문이었을 것입니다.

◆ 과제

Q. 다음 중 배추가 가장 즐거운 순간은 언제일지 이유와 함께 생각해보세요.

① 밭에서 자라고 있을 때
② 소금에 절여지고 있을 때
③ 겉절이가 되었을 때
④ 묵은지가 되었을 때
⑤ 그 외 기타의 순간

(3) '사골국'은 어떻게 시가 되었을까

〈나그네와 사골국〉

곧 지나갈 객처럼
표정도 없이 무심하게 다가갔다가
쫑긋 선 귀가 벌컥 바람을 들이켜
부풀었다 쪼그라드는 가슴 주체하지 못하고
잠시 길을 잃었다

그래도 아주 앉지는 않고
반쯤 걸터앉아 슬쩍 끼어만 웃었는데
한 마디 거들기 시작하다보니
밥까지 한 술 거들게 되면서
아예
짐까지 풀어 버렸다

식어가는 사골국 속의 기름처럼
객은 서서히 표면으로 떠오른다

거북해진 국물에 숟갈 내려지는 소리 들린다

왜 깜빡했을까
기름도 휘젓는 동안에는 물과 잠시 섞인다는 걸

어쩌다 길이 겹쳐 꽃내가 배었을지라도
그들은 꽃짐을 들고 다니는 사람이었고
나는 봇짐을 메고 다니는 사람이었다

풀었던 짐을 꾸린다

길에 오르자 국물이 다시 담백해진다

(2017)

이 시는 사골국에 대한 기억이 나중에 다른 경험의 순간에 불러일으켜지면서 쓰게 된 시입니다. 그리고 시를 쓰는 과정에서 추가적인 경험까지 연상되면서 세 경험이 혼합된, 결과적으로 제3의 형태로 각색하게 된 시였습니다.

먼저 사골국에 대한 기억은 이렇습니다. 사골국은 소뼈를 푹 고아서 만듭니다. 그런데 사골은 생각보다 기름이 많이 나오기 때문에 먹기 전에 냄비를 식혀 기름을 한 번 걷어내는 과정을 필요로 합니다. 그러나 기름이 완전히 제거되지는 않기 때문에 국그릇에 담아 먹을 때도 국이 식어가면서 떠오르는 기름 층을 보게 됩니다.

이러한 기억 자체는 중립적인 정보 수준의 기억이어서 그 자체로는 어떤 인상을 주지 않는 것이었습니다. 이 기억에 의미를 부여하게 해준 것은 그 후의 경험이었습니다.

저는 어떤 사람들과 즐겁게 대화를 나누고 있었습니다. 서로가 웃고 있었고 분위기는 매우 좋았습니다. 그런데 나누던 이야깃거리가 다하고 나자 문득 식어버리는 분위기를 느낄 수 있었습니다. 대화 주제가 잘 맞아서 어울리고는 있었지만, 사실 그들은 저와는 배경이나 입장이 조금 다른 사람들이었습니다. 한 자리에 있기는 했지만 그들은 동일한 성격으로 뭉쳐진 하나의 그룹원들이었고, 제가 알지 못하는 경험과 이야기들을 서로 공유하는 사이였습니다. 그들 사이에는 대화가 하나 끝났다고 해서 서로 어색해질 것이 없었지만 저와는 그러기 어려웠던 것입니다.

아무리 가까워지고 싶다고 한들 즐거움이 다하면 자리를 뜰 줄 알아야 한다는 것을 느끼고 있을 때였습니다. 문득 사골국에 대한 기억이 떠올랐습니다. 뜨거울 때는 틈틈이 섞여 있지만 식으면 층이 지는 그 이미지가 저의 상황과 같다고 느낀 것이었습니다. 조금 섭섭하고 안타까운 마음은 들었지만 그 감상은 인상적이었습니다.

그 인상을 시로 쓰려는 중에 또 하나의 기억이 떠올랐습니다. 고등학교 시절 한 전국 백일장에서 있었던 일이었습니다. 글쓰기로 유명한 한 고등학교 학생들이 전세버스를 타고 단체로 나타나 대회 결과를 휩쓸어버렸던 일이 있었습니다. 저는 그때 수상을 하지 못했는데, 대회장을 떠나 돌아오는 내내 꽃다발을 든 그 학생들 사이에서 대비되는 기분을 견뎌야 했었습니다.

비슷한 정서를 느꼈던 여러 순간들을 떠올리고 나니, 저는 스스로가 나그네 같다는 생각이 들었습니다. 문득 나그네에 대한 가상의 이야기가 상상되었습니다. 한 나그네가 자신의 길을 잊고 다른 이들과 어울렸다가 분리를 경험하게 되면서, 다시 자신의 길에 오르는 그런 장면을 가진 이야기였습니다. 저는 시에 그 이야기의 장면들을 적어봐야겠다는 생각을 했습니다. 나그네 이야기 자체는 진짜가 아니었지만 오히려 진짜 경험들을 꺼내는 것보다 더 정확한 느낌을 전달해줄 수 있다고 느꼈기 때문이었습니다.

이렇듯 어떤 경험이 곧장 시가 되지 않아도 다른 경험과 어우러지면 시가 되는 경우가 있습니다. 지금 겪고 있는 순간들이 당장 시로 이어지지 않는다고 억지로 짜내거나 조급해할 필요가 없는 셈입니다. 몸으로 마음으로 겪은 순간들은 언젠가는 꼭 시로 이어집니다. 펜을 잡고 있지 않아도 어떤 순간들을 성실히 겪어내고 있는 것부터가 시를 쓰는 시작이기 때문입니다.

◆ 과제

Q. 자신이 좋아하는 국이 무엇인지 생각해보고 그 국이 가지고 있는 특징을 문장으로 다섯 가지 이상 생각해보세요.

(4) '빨래건조대'는 어떻게 시가 되었을까

〈휴전〉

거실 창으로 햇빛이 들어 와
건조대에 무지개가 떴다

색색으로 흩어져 있던 옷과 수건들이
함께 어우러지는 시간,

젖은 몸이 마르고 나면
다시
너는 빨간색 나는 파란색 개는 하얀색.

밤보다 적막한 오전 햇살 속에
무지개가 살짝 피었다 진다

(2018)

이 시는 어느 휴일 오전, 나른한 햇살을 받고 있는 빨래건조대를 보고 쓰게 된 시입니다. 건조대에는 다양한 색상의 수건과 옷들이 널려 있었는데, 햇살 아래서 알록달록 조화를 이루고 있는 모습이 꼭 무지개를 떠올리게 했었습니다.

그런데 제가 느낀 무지개는 단순히 아름다운 것으로서의 무지개가 아니었습니다. 만약 여기서 제가 떠올린 것이 그저 통상적인 의미의 무지개였다면 시까지 이어지지는 않았을 것입니다. 제게 눈길이 갔던 부분은, '빨래가 다 마르고 나면 어떻게 될 것인가'였습니다. 아마 외출복은 외출복대로 수건은 수건대로 결국 자신들이 있던 곳으로 돌아갈 것이었습니다. 그렇다는 것은, 지금의 조화는 순간적이고 일시적인 것이라는 뜻이었습니다.

다양한 빨래들을 한 자리에 모이게 된 것은 그것들이 젖어 있다는 공통점 때문이었습니다. '젖어 있음'은 빨래로서는 회복이 필요한 어려움의 순간이겠지요. 사람도 공동의 어려움이 닥치면 옆에 있던 이들이 어떤 이들이었는지를 크게 따지지 않고 서로 화합해서 힘을 합치는 모습을 보이곤 했습니다. 그랬다가 문제가 해결되고 나면 다시 서로가 누구였는지를 따지며 누구는 배척하고 누구는 편으로 들이곤 했습니다. 거대한 역사 속에서뿐만 아니라 일상 속에서도 빈번하게 발견되는 이러한 모습은 인간의 정치적 본성 중의 하나였고, 제가 빨래건조대를 통해 포착한 것은 바로 이런 성질이었습니다.

그런데 저는 인간사의 세세한 사례까지는 풀고 싶은 마음은 없었습니다. 제가 담고 싶은 것은 빨래건조대에게서 비추어지는 인간 본성이었지, 인간의 정치적 본성에 대한 논의 자체는 아니었기 때문입니다. 따라서 구체적인 사례를 풀기보다는 빨래건조대에게서 받은 이미지를 전하는 데에만 집중하였습니다. 위 시가 간결하게 끝난 것은 바로 그러한 까닭에서였습니다.

세세하게 풀기보다 한 정황만을 제시해주는 시는 내용을 제한하지 않고 사람마다 자신의 상황에 맞추어 상상할 수 있는 여지를 남겨주곤 합니다. 인간의 정치적 본성에서 제가 역사나 군사적 차원의 이미지를 먼저 떠올렸을지라도, 어떤 사람들은 친구나 친척 등 일상적 차원의 이미지를 먼저 떠올렸을 수도 있을 것입니다. 이러한 것은 시가 사실에 갇혀 있지 않고 상징적으로 열려 있기 때문입니다. 어떤 내용들은 오히려 감추어짐으로써 비슷한 범주의 다양한 이야기들을 불러오는 것입니다.

시들은 대개 표현하고자 하는 부분에 대해 집중할 뿐, 거기서 느껴진 것들을 모두 풀지는 않습니다. 시를 쓴 지 얼마 안 된 분들 중에는 자신이 느낀 것을 온전히 전달해야 한다는 강박을 갖고 계신 경우가 종종 있지만, 독자들의 입장에서는 오히려 그런 시가 부담스럽습니다. 빈 공간이 있어야 시를 읽는 사람도 자신의 경험과 입장으로 그 시에 들어와 볼 수 있기 때문입니다. 의미는 읽는 사람들에 의해서도 만들어지는 셈입니다.

꽉꽉 채워 담은 시일수록 오해의 여지를 만들기도 하고, 이미 꽉 차 있기 때문에 관심을 갖는 사람이 적어지기도 합니다. 호기심을 채워주는 것보다는 호기심을 불러일으키는 것이 의미를 확장시키는 방법이기도 합니다. 시인은 그래서 설명하기보다 단서만 놓아둡니다. 설득하기보다 느끼게 해주고 싶은 것입니다.

◆ 과제

Q. 빨래 건조대에 널 수 있는 가장 큰 것 (혹은 널고 싶은 것)은 무엇일까요? 상식적인 것보다는 상상력을 동원해서 생각해보세요.

(5) '다림질'은 어떻게 시가 되었을까

〈다림질하다 오히려 구겨진 옷처럼〉

다림질하다가
외려 옷이 구겨져버렸을 때
찌릿 가슴이 아팠다

칼에 벤 흉터처럼
날카롭게 그어진 음영

다시 물을 뿌리고 다리미를 대어도
희미한 하룻밤의 지층만큼
가려질 뿐,
펴지지 않았다

내가 눌러버렸던 힘만큼
지워지지 않았다

낯설어지지 않는 기억

까짓 잔주름을 펴려다
반듯 편편하게 살려다, 외려

외려
내 가슴에 지니고 있던 흉터를 선명히
드러내고야 말 때가 있었다

(2018)

이 시는 다림질을 잘못해서 옷이 오히려 구겨져버렸을 때 쓰게 된 시입니다. 다림질이란 주름을 펴는 행위인데 오히려 주름을 만들어버린 상황이 아이러니하게 느껴졌던 것입니다.

원래의 자연적인 주름들과 달리 잘못 다려 만들어진 주름은 쉽게 펴지지 않았습니다. 인위적인 열과 압력이 가해진 것이어서 자연스럽게 생길 수 있는 주름보다 훨씬 강했습니다. 문득 주름진 부위가 옷의 가슴부위였다는 것을 알았습니다. 왠지 제 가슴이 주름져버린 기분이 들었습니다. 그러면서 과거의 경험이 떠올랐습니다. 자잘한 단점을 가리려다가 스스로에게 오히려 큰 상처를 남겼던 경험이었습니다.

저는 스스로를 매우 부족한 사람으로 여기곤 했습니다. 제가 가진 단점들이 다른 사람들에게 보여질까봐 걱정하기도 했습니다. 그래서 사람들이 모이는 자리에서는 최대한 말을 아끼고 침묵했으며,

필수적인 자리가 아니면 참석하려 하지 않았습니다. 제 주름들을 보임으로 인해 스스로에게는 물론이고 타인에게도 피해나 상처를 주고 싶지 않았기 때문이었습니다.

그러나 제가 그렇게 저의 단점에만 몰두하는 사이, 사람들은 제게서 멀어지고 있었습니다. 저는 제 감추고 싶은 부분들이 드러나지 않기를 바랐던 것이지 사람들과 멀어지기를 바랐던 것은 아니었기에 마음이 아팠습니다. 당시에는 몰랐습니다. 다른 사람들도 나만큼이나 주름이 많았다는 것을, 그러면서도 서로가 만나고 어울린다는 것을 말입니다. 그러나 그런 것들을 깨달았을 때는 이미 많은 사람들을 놓쳐버린 후였습니다.

잔주름을 펴려다 큰 주름을 남겨버린 다림질은, 자잘한 상처를 만들지 않으려다 오히려 가슴속에 큰 흉터를 남겨버렸던 제 과거의 행동 같았습니다. 다림질에서 그때의 깨달음이 떠오르다니, 이 연상의 고리를 간직해두고 싶었습니다. 그때의 깨달음을 잊고 싶지 않았습니다. 다른 누구에게보다도 저 스스로에게 비망록을 남기고 싶은 마음이 시를 쓰게 했습니다.

타인의 감상에는 제가 느꼈던 아픔이나 깨달음까지는 느껴지지 않을 수 있습니다. 깨달음의 구체적인 배경과 내용은 진술되지 않았기 때문입니다. 그러나 어떠한 깨달음을 가장 잘 간직하는 방법은 그 깨달음 자체를 적어 놓는 것보다도 그 깨달음을 떠오르게 했던 과정을 기록하는 것이기도 합니다. 박제된 동물을 보고 생생함을 느끼는 사람은 없지요. 아무리 똑같이 보존해도 박제는 박제이기 때문입니다. 저는 깨달음을 박제해두고 싶었던 게 아니라 다시 느끼고 싶었던 것이기 때문에 과정의 순간에 더 집중했던 것이었습니다.

이렇듯 어떤 순간을 보존하고 싶어서 시를 쓰게 될 때가 있습니다. 시는 일반 글보다 어떠한 순간의 생생함을 더 잘 담아낼 수 있습니다. 시에서 쓰이는 비유와 상징, 행과 연의 구분 등은 바로 그 생생함을 지키기 위해 활용되는 것들입니다. 어떤 이들은 말을 꾸미거나 숨기기 위해 쓰이는 것들이라고 오해하지만 말입니다.

◆ 과제

Q. 만약 자신의 과거/현재/미래 중 어느 한 시기를 다림질할 수 있다면, 어떤 시기를 펴고 싶은가요? 이유와 함께 생각해보세요.

2. '거리'에서 시 찾기

(1) '침 받는 화단'은 어떻게 시가 되었을까

〈침 받는 화단〉

화단에 침이 쌓인다
꽃은 아직 없으니 화단은 아닌데
그래, 흙 위에 초록 아래에는 침이 쌓인다
담배를 피러 나온 사람들
커피를 마시던 사람들
그냥 우연히 목이 매캐한 사람들
침을 뱉는다, 직직

혹시 흙을 보면 침이 뱉고 싶어지는 것일까?

흙 위에 뱉어진 침은 곧 사라진다
사람들은 땅 속에 저절로 스미는 거라고 생각하겠지만
사실 풀들이 뿌리로 끌어내린 것이다
낙엽이 몸으로 받아 내거나
씨앗이 목말라 빨아들인 것이다

대리석 바닥에는 차마 뱉지 못하면서
흙에는 뱉어도 된다고 한 건 누구 마음일까

초록이라고,
흙바닥에서도 초록이라고
너무 쉽게 대하는 거 아냐?

내년에는 꽃이
서럽게 피겠다

(2018)

앞선 다섯 편의 시는 우리에게 아주 익숙한 공간인 집 안에서의 발견으로 쓰인 시들이었습니다. 이번 시부터 다섯 편은 거리, 즉 바깥 공간에서의 발견으로 쓰인 시들입니다. 바로 위의 시는 도서관에서 책을 읽던 중 창밖으로 보이는 풍경을 보고 쓴 시입니다.

화단에 침이 뱉어지는 모습은 그다지 놀라운 일도 주의를 끌 만한 일도 아니었지만, 어떤 특이한 점이 제 주의를 가져갔습니다. 한 사람씩 네다섯 명이 몇 분 간격으로 연달아 침을 뱉을 확률은 얼마나 될까요, 그것도 같은 화단에 말입니다. 처음에 한 사람이 침을 뱉고 사라졌을 때는 아무 일도 아니라고 여겼습니다. 그러나 두 번째 세 번째 사람이 이어서 침을 뱉고 사라지는 모습을 보게 되자 어떤 생각들이 떠올랐습니다.

처음에 떠올린 생각 '흙을 보면 침을 뱉고 싶어지는 걸까, 왜 저렇게 침을 뱉지?' 하는 단순한 반응이었습니다. 사실 길바닥이 아니라 흙바닥에 침을 뱉는 건 크게 문제될 건 없는 일이었습니다. 그런데 그건 어쩌면 사람의 입장일 뿐, 흙의 입장에서는 조금 다를 수도 있다는 생각이 들었습니다.

사람들은 아마 흙에는 침을 뱉어도 속으로 금방 스미니까 상관없다고 생각하는 것이었습니다. 그러나 침이 그렇게 스미어 사라지는 게 과연 당연한 현상인지는 의문이었습니다. 과학적으로는 특별할 게 없겠지만, 어쩌면 풀들이 나뭇잎 부스러기들이 씨앗들이 자신의 몸으로 그 침들을 받아내고 삼켜낸 것인지도 몰랐습니다.

사회 속에는 다른 사람이 저지른 실수를 제 몸을 희생해가며 해결하는 사람들이 있었습니다. 흙바닥의 나뭇잎 부스러기들도 어쩌면 그런 사람들처럼, 침이 다른 데에 해가 되지 않도록 자신을 희생한 것인지도 몰랐습니다. 누구든 결국 그 침을 받아내게 될 텐데, 침을 먹고 자란 풀들이 얼마나 예쁘고 당당한 꽃을 피울 수 있을지, 침을 먹고 깨어난 씨앗들은 또 얼마나 건강한 나무가 될 수 있을지, 그런 문제의식을 갖고서 말입니다.

그러나 나뭇잎 부스러기가 아무리 몸을 바쳐 침을 받아낼지라도, 불가피하게 그 침을 받아먹는 씨앗은 있을 것입니다. 주변의 풀들은 또 그 나뭇잎 부스러기를 돕겠다고 뿌리로 침을 받을 것입니다. 어쩐지 우리 사회의 약자들이 감당하고 있는 사회 현실 같았습니다. 화단에서 발견하기에는 무리가 있을 법도 한 생각이었지만, 구조상 다를 것은 없어 보이는 장면이었습니다. 왜냐하면 그곳이 흙바닥이 아니라 대리석 바닥이었다면 아무도 쉽게 침을 뱉지 못했을 것이었기 때문입니다.

우리의 입장 나의 입장에서는 문제될 게 없는 장면일지라도, 어떤 입장을 가정해보면 의외로 문제가 되는 장면들이 있습니다. 그러나 우리는 나의 입장에서 벗어나는 데 익숙하지 않기 때문에 거리라는 낯선 것으로 가득한 공간에서도 새로운 것들을 마주치지 못할 때가 많습니다. 우리가 고민을 털어 놓아도 열린 관점을 가진 사람에게 가서 털어놓듯, 거리의 사물들도 마찬가지일 것입니다. 거리에서 시적 순간을 경험하기 위해서는 우선 거리의 소리를 들을 수 있어야 하는 일이겠습니다.

◆ 과제

Q. 자신이 그동안 거리에서 밟아버린 개미의 수를 추측해보고, 그 개미들로부터 불리고 있을 자신의 별명을 상상해보세요.

(2) '짖는 개'는 어떻게 시가 되었을까

〈짖는 개의 슬픔〉

개는 애타게 주인을 부르지만
불리는 것은 사나운 몽둥이
입 다물고 있기가
개는 너무 무서워서
몽둥이는 무섭지가 않다

(2018)

이 시는 도서관 밖 난간에 묶인 개를 보고 쓴 시입니다. 실제로 그 개는 짖고 있지도 몽둥이로 맞고 있지도 않았습니다. 이 시는 그 개 자체에 대해서 썼다기보다는 그 개를 통해서 헤아려지는 어떤 생각과 이미지에 대해서 쓴 시였습니다.

저는 도서관 안에 있었습니다. 유리창 너머로, 어떤 사람이 도서관에 들어오기 위해 개를 난간에 묶고 있는 것이 보였습니다. 개는 생각보다 얌전했지만 주인의 뒷모습을 바라보는 모양은 왠지 은근 애가 타는 듯 보였습니다. 저는 그 개가 혹시라도 짖으면 어떡하나, 누가 시끄럽다고 지적을 하면 어쩌나 괜한 염려를 하고 있었습니다.

주인은 다행히 오래지 않아 돌아왔습니다. 개는 아무 일 없이 주인과 함께 사라졌습니다. 대부분의 사람들은 개가 있었는지도 모를 만큼 조용하게 이루어진 일이었습니다. 어쩌면 그 개보다 제 마음이 불안했었는지 모릅니다. 저는 그런 무탈한 장면 속에서 개의 마음이 사실 매우 버겁고 절박했다면 어떠했을까 하는 상상을 해보았으니 말입니다. 기다림이란 상대방에 의해서 내 모든 것이 좌우되는 순간이기에, 아무리 신뢰할 만한 주인이어도 그 개에게 돌아오지 않을 수는 있었습니다.

사람도 기다림을 감내해야할 때가 있습니다. 커다랗게는 일제강점기 속에서 독립을 외쳤던 사람들이나 독재정권 하에서 민주주의를 염원했던 이들도 기다림을 감내한 것이었습니다. 거시적인 차원이 아니더라도 일상의 다양한 것들을 우리는 기다려야만 할 때가 있습니다. 가령 억울한 일을 당했을 때 그 억울함을 풀기 위해 호소하는 과정에서라든가, 오랫동안 꿈을 향해 나아가는 여정에서라든가, 이루기 힘든 어떤 절박한 사랑을 구하기 위해서라든가 하는 상황들에서 말입니다. 대개 기다림의 끝은 지쳐 돌아서는 것이지만, 그 간절함이 극에 달해 있을 때는 제 몸을 바쳐서라도 그 대상을 향해 부르짖는 때가 있습니다.

이 시는 사실 제가 글을 쓰며 살아오는 과정에서 쌓여온 감정들을 개의 상황에 이입해 표출한 시였습니다. 간절함만으로는 이루어지지 않는 현실의 가혹함 속에서 저 나름의 저항과 투쟁의 이미지를 개를 통해 상상해본 것이었습니다. 그 개가 느꼈을 작은 기다림을 이토록 커다란 기다림으로 확장시킬 수 있었던 것은 그 상황을 공감할 수밖에 없는 맥락이 제 안에 있었기 때문이었습니다.

거리의 풍경들 속에는 상상력을 발휘하면 주체와 객체가 서로가 교차되는 순간들이 있습니다. 내가 살아가면서 느낄 수 있는 것들을 다른 존재들도 느낄 수 있고, 그들이 느낄 수 있는 것들을 나도 느낄 수 있기 때문에 가능해지는 순간입니다. 시인은 상대의 심정을 표현해주기 위해 상상력을 발휘하기도 하지만, 때로는 자신의 이야기를 하기 위해 상대의 모습을 빌려올 때도 있겠습니다.

이 시는 굉장히 짧은 편이었는데, 할 말이 다했으면 시의 길이를 일부로 늘일 필요가 없기 때문이었습니다. 표현하고자 하는 바가 다 표현되지 못했으면 반대로 길이가 아무리 길었어도 시를 계속 이어나갔을 것입니다. 시의 적절한 길이는 객관적인 글자 수에 의해 결정되는 것이 아니라, 의도하는 메시지의 형식에 따라 상대적으로 결정되는 것이기 때문입니다.

◆ 과제

Q. 어떤 개가 여러분을 향해 짖고 있습니다. 그 이유는 무엇일까요? 개의 모습부터 구체적인 정황과 장면을 상상해보세요.

(3) '참새 떼'는 어떻게 시가 되었을까

〈새들의 거리〉

찰칵, 푸드득-
렌즈 뒤에 숨은 눈을 알아채고 새들이 달아난다

새들의 안식을 방해한 죄
경범죄, 과태료 5만 원
아니 이거 상습범인데?
죄송합니다, 다시는 안 그러겠습니다

멈춰버린 풍경에게 죄를 빌고
앗아간 새들을 돌려놓는다

그거 아시는가?
새는 가만 노려만 봐도 달아난다네
어떤 마음인지는 모르겠지만
새를 볼 땐 그냥 지나쳐 가라고

어디서 들려오는지 모를 목소리에

멈췄던 발을 옮긴다

사람이 지날 때
반경 3m 밖으로 물러서는 새들-

좋아, 딱 그만큼의 거리야

들추려 해서는
안 되는 것들이 있다

(2018)

이 시는 육교 밑을 지나다가 육교 기둥 틈새에 앉아 있는 참새 떼를 보고 쓴 시입니다. 모여 있는 참새들이 예뻐서 가던 길을 돌려 카메라를 대었는데, 가만히 있던 참새들이 갑자기 날아가 버리는 모습에서 어떤 인상을 받아 쓰게 된 시였습니다.

저 때문에 날아가 버린 참새들을 보며 처음에는 미안한 마음이었습니다. 방해할 생각까지는 없었는데 제가 새들의 휴식을 망쳤습니다. 그런데 핸드폰 갤러리에서는 멀쩡하게 앉아 있는 참새들을 보니, 제가 그 새들을 핸드폰 속에 가두어 버린 것 같은 기분이 들었습니다. 그렇게 생각하니 잘못을 저지른 느낌이었습니다. 머릿속에서 제가 과태료를 끊는 장면이 상상이 되었습니다. 법은 없지만 만약 이것도 죄라면 죄일 듯했습니다. 왜냐하면 저는 공공의 풍경으로 존재하던 새들을 개인의 핸드폰 속으로 가져와버렸기 때문이었습니다.

그런데 사진 속의 새들은 실제 눈으로 보았던 새들과는 느낌이 조금 달랐습니다. 단적으로 말하면 귀엽지가 않았습니다. 똑같은 대상인데 아까의 그 사랑스러운 모습은 찾아볼 수가 없었습니다. 문득 사진이라는 행위에 대해 생각하게 되었습니다. 사진을 찍는 것은 경우에 따라 대상을 소유하고자 하는 욕망의 행위일지 모른다는 생각이 들었습니다. 저는 새들을 사진 속에 남겨둔 덕분에 그 새들의 모양을 마음대로 살펴볼 수 있게 되었지만, 그 본래의 정서는 느낄 수 없게 되었습니다. 소유욕이 대개 그렇듯, 갖고 나면 시시해져버리는 것인지도 몰랐습니다.

어쩌면 새들에게는 감추어져야 하는 것이 있던 것은 아닐까 하는 생각도 들었습니다. 새들로서는 들추어지지 않기 위해 얼른 날아갔지만, 저는 이미 그 감추고 싶은 부분을 들추어버린 것일 수도 있었습니다.

사람의 경우에도 감추고픈 비밀이 있고 콤플렉스가 있었습니다. 어떤 것들은 서로가 알고 있더라도 굳이 밖으로 꺼내지 않는 것이 좋은 경우가 있었습니다. 때로는 그것을 그냥 감싸주어야 유지될 수 있는 관계도 있었습니다. 감춘다는 것은 타인이 그것을 알았을 때 온전히 이해할 수 없는 것이기 때문이곤 했습니다. 그래서 우리는 그것을 이해해줄 수 있는 사람에게만 조심스럽게 치부를 보여주어 왔음에도, 저는 새들의 그러한 부분을 함부로 들추어버린 것이었습니다.

새들에게 미안했지만 그러한 새들을 빼앗긴 거리에게도 미안했습니다. 저로 인해 거리는 허전해졌고 다른 사람은 거기서 그 새를 볼 수 없게 되었습니다. 이 시는 그래서 반성의 의미를 담아 쓰게 된 것이었습니다. 그리고 들출수록 오히려 본질에서 멀어지는 경우도 있음을 표현해보자 한 것이었습니다.

거리가 나에게 영향을 미치기도 하지만 때로는 내가 거리에 영향을 미치기도 합니다. 어떤 영향은 긍정적일 수도 있지만 또 어떤 것은 부정적일 수도 있습니다. 우리는 아마도 거리로부터 받는 영향만을 생각해왔겠지만, 우리가 거리에 미치고 있었을 영향을 생각해본다면 이전에는 보지 못했던 새롭고 인상적인 장면들을 많이 발견하게 될 수 있을 것입니다.

◆ 과제

Q. 참새와 까치가 서로 지저귀고 있습니다. 둘은 무슨 대화를 나누고 있는 중일까요? 대사를 구체적으로 상상해보세요.

(4) '죽은 고양이'는 어떻게 시가 되었을까

〈읽지 못하면 사납게 밀쳐진다〉

6차선 도로의 횡단보도는
조금 길었다

지나는 차들은 많고 속력은
조금 빨랐다

건너가야만 했을까

그건 잘 모르겠지만
건너가고 싶었던 모양이다

아무리 재빠른 동물일지라도
허가된 통로를 가로지르는 일은 버거운 일이다

하늘과 땅을 볼 줄은 알았지만
횡단보도를 볼 줄은 몰랐던 모양이다

읽지 못하면
사납게 밀쳐진다

덤덤한 신호등이
능청도 없이 불을 바꾼다

(2018)

이 시는 차를 타고 지나가다가, 왕복 6차선 도로의 횡단보도 위에 죽어 있는 고양이를 보고 쓴 시입니다. 그 고양이를 본 것은 단 몇 초에 불과했지만 머릿속에서는 계속 그 고양이에 대한 생각이 맴돌았습니다.

고양이의 죽음이 안타깝기는 했지만 제가 느낀 것은 단순한 연민의 감정이 아니었습니다. 그 도로에서 죽게 된, 혹은 죽게 될 동물은 그 고양이만이 아닐 것이기 때문이었습니다. 어느 한 개체만을 안타까워하는 것만으로는 무언가 충분치 않은 일이라고 생각했습니다.

저는 그 일의 구조에 대해 집중해 보았습니다. 횡단보도의 신호체계를 인간 제도의 산물이라고 보았을 때 고양이는 자연의 존재로서 제도를 이해하지 못해 죽은 것이었습니다. 고양이는 분명 자기 목숨 하나 살아낼 지혜 정도는 갖고 있었을 것입니다. 그러나 도로는 넓었고 자동차는 생각보다 빨랐으며 신호는 임의적이었던 것입니다. 고양이의 죽음은 고양이의 무지함이나 무모함 때문이라기보다는 인간이 마음대로 만들어놓은 시스템 때문이었던 것입니다.

고양이의 죽음을 통해 제가 보게 된 것은 답답하고 억압적인 제도의 성격이었습니다. 조금만 틀을 벗어나면 곧바로 선을 그어버리는 제도가 얼마나 많은 폭력을 저지를 수 있는가를 생각해보면, 로드킬의 대상은 단지 야생동물만이 아니었습니다. 사람도 규율이나 절차를 모르면 커다란 곤란에 처하거나 억울한 일을 당해 무고한 희생양이 되곤 했으니 말입니다. 때로는 악의적인 법률에 의해 의도된 범법자가 만들어지는 경우도 있었습니다. 요건을 충족하지 못해서 구제받아야 할 사람이 구제받지 못하고 살아가야 하는 경우도 있었습니다.

제도가 직접적으로 선을 긋는 경우 외에도, 일상에서 간접적으로 제약을 주는 경우도 있었습니다. 가령 학교 성적이나 수능 점수로 모든 가능성을 평가 받는 아이들의 경우, 자신의 사고와 행동을 모두 학교 시스템에 맞추도록 제약을 받습니다. 교과 외 다른 분야에서 재능을 펼쳐보려고 해도 학교를 벗어난 학생은 보호받지 못하고 편견과 차별의 대상이 되기 때문입니다. 취업의 경우도 사실상 무늬에 불과한 자격증이나 외국어 시험 등으로 인해 시간과 에너지를 낭비하게 되거나 기회를 원천 차단당하는 경우가 있었습니다.

실제 우리 사회는 실력이 있다고 잘 살 수 있는 사회는 아니었습니다. 비운의 천재들이나 무명의 예술가, 변방의 지식인들은 이미 오랫동안 존재해온 사람들이었습니다. 시스템 안에서 유효하고 제도가 인정하는 것들을 충족한 사람들일수록, 실질적인 덕목을 갖춘 사람들보다 객관적으로 훨씬 풍요롭고 자유로운 삶을 영위했습니다. 제도는 우리 삶의 편의를 위해 만들어진 것이었지만 오히려 제도 밖의 누군가를 제약하는 것으로 작용할 때가 있는 것이었습니다.

도로 위 고양이의 죽음은 단순히 불운한 고양이에게 벌어진 일회적인 사건도, 어떤 부주의한 운전자에 의한 우연한 사건도 아니었습니다. 바로 이 세상에서 밀쳐진 어떤 존재의 표상이었습니다.

어떤 일이든 독립적으로 단순 발생하는 일들은 많지 않을 것입니다. 상황을 감정적으로 받아들일수록 우리는 심층의 정황과 배경까지는 알기 어려워질 수 있습니다. 표면에서 심층으로, 그 내부의 얼굴을 바라보고자 할 때 우리는 시를 발견하게 된다고 할 것입니다.

◆ 과제

Q. 로드킬을 당한 고양이가 있습니다. 그 고양이는 어디에서 어디로 향하던 중이었을까요? 그 고양이의 사연을 상상해보세요.

(5) '민들레'는 어떻게 시가 되었을까

〈민들레도 바람을 따라가고 싶었었나 봐요〉

민들레는 태어날 때부터 무덤을 파요
말뚝처럼 굳은 심지를
한두 번의 절망 갖고는 끄집을 수 없는
깊은 흙가슴 속에 묻어요

선택된 것을 선택한 것으로 만든 민들레는 그리고
꼿꼿이 한 송아리의 노란 긍지를 피워요
그것은 스스로에게 쏘아 올린 폭죽이고
땅바닥에서 보내온 박수갈채예요

민들레는 그렇게 의심 없이
스스로를 사랑하고 확신하고 자부하며 살 것 같았어요
그랬는데요
민들레 눈 감은 자리에
수백의 저 날개들 좀 보세요

민들레도 바람을 따라 날아가고 싶었었나 봐요

꾹꾹 눌러온 꿈들이 사리처럼 남았어요
노란 꽃잎 하나하나가 바람을 삼켜 피운 거였어요
너무 잘 참았어요
이제는 펼치게 해줘도 되겠죠

바람을 미워하기보다 바람을 사랑하여서
다시 또 꽃이 된 이여,

잘 가요.

(2018)

이 시는 길을 지나다 우연히 한 식물을 보고 쓰게 된 시입니다. 그 식물은 민들레처럼 날아다니는 씨앗 뭉치를 동그랗게 맺고 있었습니다. 보통 민들레였다면 크게 관심을 기울이지 않았을 것이었습니다. 민들레에 대한 이미지는 너무 익숙해서 호기심이 가지 않았을 테니까요. 그런데 그 식물은 키가 1m에 이를 만큼 매우 컸습니다. 씨앗 뭉치는 주먹만 했고요. 눈을 두지 않으려고 해도 눈이 갈 수밖에 없는 식물이었습니다.

당혹스러운 느낌으로 저를 멈추어 세웠던 그 식물의 이름은 '쇠채아재비'였습니다. 그러나 그 이름이 무엇이었든 간에, 민들레와 같은 특징을 가지고 있다는 점에서 저에게는 민들레에 대해 다시 생각해볼 계기가 되었습니다. 민들레는 보통, 끈질긴 생명력과 날아다니는 하얀 꽃씨로 희망적이고 낭만적인 이미지를 전해주어 왔지만, 쇠채아재비의 모습을 통해 다시 떠올린 민들레의 느낌은 좀 달랐습니다.

민들레나 쇠채아재비나 날아가는 꽃씨를 맺게 된 이유는 무엇이었을까 문득 궁금했습니다. 생물학적 관점에서의 이유가 아니라 그 식물 개체 하나의 차원에서의 심정적 이유가 궁금했습니다. 어쩌면 그 꽃씨들처럼 바람을 따라 날아가고 싶었던 마음이 표출된 것은 아닐까 하는 생각이 들었습니다. 식물은 의례 못 움직이는 게 상식이라고 여기지만, 식물도 때로는 태어난 곳에서 벗어나고 싶었을 것이며, 민들레 같은 꽃씨들은 그 간절한 마음의 결과였을 수도 있다고 생각해본 것입니다.

민들레의 긴 뿌리도 단순히 강인한 생명력이 아니라, '내가 이곳에서의 삶을 선택하진 않았으나 이왕 태어난 것 여기에서 최선을 다해보자' 하는 마음으로 삶의 배수진을 친 모습이었을지도 몰랐습니다. 또 그렇게 그 자리에서 최선을 다해 노란 꽃을 피우기는 하였지만, 어쩌면 그 꽃은 민들레가 정말 원했던 꽃은 아니었을 수도 있었습니다.

남들 눈에 보면 민들레는 스스로의 삶에 만족하고 자부하고 확신하며 꿋꿋이 살아가는 멋진 꽃일는지는 몰라도, 사실 민들레는 수없이 흔들렸으며, 삶을 단지 후회로 남기고 싶지 않아서 어떤 꽃이든 피워내는 데에 열중했었던 것일 수도 있었습니다. 다시 말해, 민들레가 피워낸 진짜 꽃은 노란 꽃이 아니라 하얀 씨앗 뭉치였을지도 모르는 것이었습니다.

현실에 최선을 다해 꿈을 눌러왔지만 죽을 때까지 그 꿈을 결코 놓지는 않았던, 그런 열렬하고 숭고한 존재의 모습을 민들레에게서 찾을 수 있었습니다. 쇠채아재비를 통해서 민들레를 이해해보게 된 것은 조금 아이러니한 일처럼 보이지만, 쇠채아재비가 보여준 낯설고 강렬한 모습이 아니었다면 민들레에 대한 익숙한 이미지를 깨고 새롭게 관찰해볼 생각은 하지 못했을 것이었습니다.

이렇듯 어떤 대상으로부터 경험한 낯선 인상은 바로 그 대상에 한정되지 않고 기존에 알고 있던 익숙한 대상을 새롭게 바라보는 계기로 작용할 수 있습니다. 또한 과학적 사실에 얽매이지 않고 주관적인 통찰에서 대상을 탐구해보는 것이 오히려 삶의 진실을 발견하게 할 수도 있겠습니다.

◆ 과제

Q. 민들레꽃은 왜 노란색일까요? 빨간색일 수도 파란색일 수도 있었으나 하필 노란색인 이유를, 비과학적 차원에서 자유롭게 상상해보세요.

3. '마음'에서 시 찾기

(1) '외로움'은 어떻게 시가 되었을까

〈탑 안의 공주〉

척박하고 메마른 땅에서도
한 줄 탑은 무너지지 말기를,
그 하나를 위한 황량함인 듯
탑은 너무 고귀했다

희망으로 쌓아올리고
울분으로 단단해진 탑은
도굴꾼도 파헤치다 지쳐 도망갈
한 왕조의 무덤 같은 것

작고 귀하기 때문에
귀하지만 작기 때문에
마음에 벽을 두르고 또 둘러서
탑을 지키는 건 공주,
은밀히 왕자가 나타나 구해주길 바라는

가녀린 공주

진흙밭에 홀로 초라해질 구두짝이 슬퍼서
내려가고 싶은 마음이 높인 탑,
지상을 꿈꾸는 긴 머리카락은 지우지 못한 일말의 희망

왕자가 사라진 시대가 슬퍼
밤마다 눈물 삼키는
탑 안의 공주

(2017)

앞선 다섯 편의 시는 거리에서 받은 인상으로 쓴 시였습니다. 거리는 '나'와 이질적으로 보이는 것들을 마주칠 수 있는 공간이었는데, '나'의 관점에서 벗어나 타인의 관점을 헤아려보는 방식이나 나와 타인의 동질성을 추측해보는 방식, 그리고 낯선 것을 통해 익숙한 것을 되새겨보는 방식 등으로 시적인 발견을 이룰 수 있었습니다.

이번 편부터 다섯 편은 외부의 대상이 아닌 내면의 마음에 집중해보는 과정에서 쓰게 된 시들입니다. 바로 위의 시는 외로움이라는 추상적인 정서가 구체적인 이미지로 표현된 시인데, 어떠한 외로움이었기에 그러한 형태가 나오게 되었는지 말씀드려보겠습니다.

우선 저의 외로움은 남들로부터의 소외였다기보다는 저 스스로 저를 소외시키는 외로움이었습니다. 제게 다가와주는 사람은 항상 있었음에도 그들을 충분히 인지하지 못하거나 인지하려 하지 않았습니다. 저는 항상 다른 것에 관심을 두고 자기만의 탑을 쌓는 데에 몰두했던 것입니다. 목표가 있기 때문이기도 했지만, 스스로의 부족함이 보완되기 전에는 타인과 관계할 수 없다고 여긴 점이 큰 이유였습니다.

내가 더 멋지고 단단한 존재가 되면 다른 사람들과의 관계가 저절로 원만해질 거라는 기대는 착각이었습니다. 부족함이란 끝이 없는 것이었고, 저는 매번 이런저런 이유로 사람들 사이를 빠져나갔습니다. 어느 때부턴가는 무엇을 감추려고 했었는지도 잘 모르게 되었습니다. 단지 상처 받고 싶지 않은 마음만이 홀로 높은 탑을 만들고 있었습니다.

탑의 높이는 이미 혼자서 내려가기에는 아득했습니다. 누군가가 올라와서 내려가는 길을 같이 밝혀 주지 않으면 그 높이만큼의 상처를 감당해야만 하는 상황이었습니다. 스스로 탑을 무너뜨릴 방법이 없지는 않았을 것입니다. 하지만 그런 도전을 감행하기보다는, 저를 감싸주고 이해해줄 커다란 사람이 다가와주기를 바랐습니다. 그런 사람이 존재하지 않을 거라는 걸 모르지는 않았지만, 스스로 벽을 넘기는 어려웠습니다. 저는 마치 전통적인 이야기 속의 공주 같았던 것입니다.

이 시가 어느 정도 라푼젤 모티프를 연상하게 하지만 라푼젤과는 필연적인 관계는 없었습니다. 단지 제 정서의 이미지를 구체화하는 데 라푼젤이 가진 이미지가 부분 들어맞았을 뿐이었습니다. 어떤 대상이나 사건에 기반을 둔 시가 아니라 정서에 근거한 시였기 때문에, 몽타주를 만들 듯 여러 이미지를 가져와 붙일 수 있는 것이었습니다.

대체로 사람들은 어떤 감정이 들 때 그것을 직시하여 깊게 탐구하지 않는 편입니다. 그 감정을 잊어버릴 방법이나 무마시킬 방법을 찾는 데 노력하면서 말입니다. 그러나 자신에게 찾아온 감정을 깊이 성찰했을 때 우리는 내면의 나와 마주할 수 있게 됩니다. 그리고 그 마주침은 시로 이어질 만큼 충분한 인상과 깨달음을 가져다주곤 합니다. 그런 과정에서 탄생한 시는 비슷한 감정에 놓인 타인을 위로하는 결정적인 힘으로 작용하기도 한다는 점에서, 우리는 어떤 부정적인 마음이 들 때 바삐 할 일을 찾기보다 펜을 한번 잡아보는 것이 더 나을 때가 있다고 할 것입니다.

◆ 과제

Q. 자신이 외로워지는 순간이 언제인지 생각해보세요. 그리고 그때의 자기 모습은 어떤 이미지를 하고 있는지 표현해 보세요.

(2) '슬픔'은 어떻게 시가 되었을까

〈펴지 못하는 우산〉

비는 그치지 않고
나는 젖어 갑니다

우산은 하나
들고 다닙니다

빗물은 몸을
산산이 씻겨 내릴 듯합니다

우산은 제법 크고
힘 있는 장우산입니다

뜯겨도 비명 없는 신문지처럼
몸은 완전히 불어버렸지만

우산은 하나
들고만 다닙니다

빗물이 도리어
몸에 젖어 흘러도

지켜주고픈 얼굴을 잃어
펴지를 못하는 우산입니다

(2018)

이 시는 슬픔에 빠져 실제로 비를 맞으며 쓴 시입니다. 우산은 가지고 있었지만 우산을 펴고 싶은 마음이 들지 않았었습니다. 정서적으로 너무 빈곤해진 상태였고 어떠한 의욕도 갖기가 어려운 순간이었습니다.

저는 모든 사랑에 실패했었습니다. 사람은 지킬 것이 있을 때 강해진다는 말이 있었지만, 저는 제가 지켜주고픈 사람을 만들지 못했습니다. 스스로를 위한 행동은 더 이상 제 삶의 동력이 될 수 없었고 다시금 사랑을 시도할 힘은 남아 있지 않았습니다. 제가 아무리 간절한 마음인들 누군가 응해주어야 할 이유 같은 건 어디에도 없었기에 작은 소망조차 가질 수 없었습니다.

그런 슬픔을 아무렇지 않은 척할 수 없었습니다. 절박한 심정에서조차 스스로의 상태를 속이는 건 너무나 기만적인 행위라고 생각했습니다. 무엇보다 정상적인 척을 할 정신이 남아 있지도 않았습니다. 그래서 비쯤은 맞아도 상관이 없었습니다. 마음은 이미 흙탕물을 뒹굴고 있었기에 몸이 좀 젖는다고 달라질 건 없었습니다.

그러면서도 저는 저의 그 상태와 마음을 함부로 다루지 않았습니다. 제 감정을 소중하게 생각했습니다. 타인의 입장에서는 과도하고 위태로운 감정으로 느껴질 수도 있었지만, 당사자의 입장에서는 그냥 묻어버려서는 안 되고 사라지게 해서도 안 될 중대한 감정이었습니다. 극한의 심정일수록 더더욱 솔직해지는 게 좋다고 생각했습니다. 그러자 저절로 시가 쓰였습니다. 어쩌면 할 수 있는 일이 시를 쓰는 일밖에는 없었습니다.

의도하지는 않았지만 시를 쓰고 감정이 정리되는 것을 느꼈습니다. 제가 그 심정을 이제 직접 들고 있지 않아도 시가 그 마음을 지켜줄 것 같았습니다. 시를 쓰는 일은 자신의 감정을 없는 것이 되게 하지 않으면서도 그 문제로부터 스스로를 자유로워지게 하는 일이었습니다. 우리가 흔히 '승화'라고 부르는 것이 바로 이것이라는 생각이 들었습니다.

어떤 이들은 이러한 과정에서 쓰이는 시는 '감정적인 시'가 될 거라 생각하기도 합니다. 하지만 감정에 충실한 것이 곧 감정적인 시로 이어지는 것은 아니었습니다. '감정적인 시'와 '감정을 다루는 시'는 달랐습니다. 감정적인 시는 자신의 상태를 해소하기 위해 무작정 쏟아내는 방식으로 쓰는 것이었지만, 감정을 다루는 시는 해당 감정을 살피고 객관화를 이루며 쓰는 것이었습니다. 오히려 감정적인 시일수록 자기감정을 충분히 겪어내지 않아서, 그 감정에 대한 이해가 부족해서 쓰이는 것이었습니다.

우리는 '슬픔'을 '슬픔'이라고 적지만, 내가 쓰는 '슬픔'과 상대방이 쓰는 '슬픔'이 같지 않음을 알고 있습니다. 그 까닭은 '슬픔'이라는 단어 자체에는 어느 누구의 슬픔도 들어 있지 않은 중립적인 표현이기 때문일 것입니다. 그렇다면 '나의 슬픔'을 직접 찾아내기 전까지 우리는 나 자신의 슬픔을 씻어낼 수 없는 셈입니다. 의사가 환자마다 다른 약을 처방해주듯 우리도 슬픔마다 다른 이해로 접근해야 하기 때문입니다.

스스로의 감정에 깊이 빠져드는 것은 그래서 필요할 때가 있습니다. 내 슬픔의 진짜 정체를 알기 위해서는 슬픔의 근원까지 내려가야 하기 때문입니다. 당장은 위태로워 보여도 결과적으로는 안전한 방법입니다. 물론 최소한의 감정을 통제할 수 있는 힘은 남아 있어야 하겠지만 말입니다.

감정은 피상적일 때 두렵습니다. 감정에게 구체적인 모양을 입혀주세요. 그러면 꺼리지 않아도 거리낄 것이 없어질 것입니다. 그리고 그 모양은 또한 시가 되어줄 것입니다.

◆ 과제

Q. 자신의 슬픔을 '슬픔'이라는 단어 없이 표현해보세요.

(3) '분노'는 어떻게 시가 되었을까

〈그게 나였노라고 이야기하자〉

언젠가 그 목소리가 내게 등을 돌릴지라도
그동안의 신뢰가 내가 아닌
나를 통한 상상에 있었을지라도
나는 그 길을 가자

마음, 너무나도 비겁한 것,
단 하나의 부정으로 모든 긍정을 져버리려 하다니

얌전한 상자였던 나는,
제멋대로 넣어진 물건을 뱉어내지 못하고
매듭이 묶이는 걸 지켜보기만 했던 나는,
더 이상 그 예쁜 매듭을 지켜보지 않기로 한다

이미 묶여있는 것은
알렉산더처럼 단칼에 자르고
포장지는 잔뜩 구겨 쓰레기통으로 던져버리고
멋대로 집어넣어진 나의 이름자는 꺼내

허벅다리에 대고 분질러버리자

사람들 속으로 가서
사람들 속으로 가서
그들의 만행을
내 이름자를 밟아 증명하자

짓밟힌 이름 속에서
한 마리 지렁이가 기어 나와 고개를 쳐들면
그게 나였노라고 이야기하자
그리고 그 지렁이를 흙더미에 놓아주고
잔뜩 똥이나 찌끄리게 하자

그러고 나서 잡초가 피면
다시 한 번,
그게 나였노라고 이야기해주자

(2017)

이 시는 분노의 감정을 바탕으로 쓰게 된 시입니다. 그 분노는 사람들로부터 편견과 오해의 대상이 되고 있는 상황에서도 그것들을 교정하지 않고 입을 다물어 온 저의 태도에 대한 분노였습니다. 그 태도가 스스로의 삶을 계속 비좁은 틀 속으로 가두고 있었음을

자각하게 된 순간이 있었던 것입니다.

사람들은 어느 한 부분의 모습을 보고 그 사람의 전체를 상상할 때가 있습니다. 저는 대학시절 몇몇 교수님들에게 좋은 모습을 보였었고, 한 분으로부터는 함께 인문 고전을 연구하자는 제의를 받은 적이 있었습니다. 그분은 정교수는 아니셨는데, 제도권이 아닌 별개의 연구실에서 이미 다른 분들과 연구를 하고 계셨습니다. 저는 대학을 졸업한 후에도 공부를 이어갈 마음이 없지 않았기에 함께하고자 했습니다.

그러나 저는 당시 건강과 정서상의 문제를 겪고 있었습니다. 대학시절 스스로에게 정서적으로 무리를 주었던 것이 몸에 부적응을 불러온 부분이 있었습니다. 제한적인 삶 속에서 현실적인 문제들에 치이면서 망가진 부분도 있었습니다. 대학 안에서는 어찌어찌 좋은 성과를 보여 왔지만 그 상태로 연구실에 가서도 좋은 모습을 보일 수 있을지는 알 수 없었습니다.

아니나 다를까, 연구실에서 저는 다른 사람들을 실망시키는 일을 몇 번 보이게 되었습니다. 또 잘 적응하지 못하는 모습을 보이기도 하였습니다. 자기 안의 문제를 가진 상황에서 외부의 기대와 바람에 부응하기는 어려웠습니다. 그러다 결정적으로, 한 분으로부터 조소와 경멸의 눈빛을 받게 되는 일을 겪게 되었습니다. 문제의 상황이 오해로 인한 것임을 밝혀야 했지만 이상하게도 저는 한마디의 해명도 하지 않았습니다. 오히려 '네-'라는 짧은 수긍하는 말과 함께 고개를 수그렸습니다.

집으로 가는 길에 저는 스스로의 답답함에 대해 너무 화가 났습니다. 분명 이곳은 제도권도 아니고 권위자도 없는 동등한 공간인데, 왜 아무것도 교정하려 하지 않았는지, 해야 할 말이 있는 상황에서 왜 고개를 숙이고 수긍하기만 했는지. 멍청하고 고지식한 제 모습에 분노했습니다. 저는 인문 고전이 아니라 인생부터 공부해야 할 상황이라는 것을 깨달았습니다. 그래서 편지를 남기고 연구실을 나갔습니다.

연구실은 발칵 뒤집혔습니다. 저를 아껴주셨던 선생님은 서로의 실수를 인정하고 다시 시작하자고 하셨습니다. 하지만 저는 저의 부족한 내면을 이유로 작별을 고했습니다. 스스로의 부족함을 딛고 넘어서볼 마음이 없던 것은 아니었습니다. 위의 시는 다시 돌아가고자 마음을 다잡는 과정에서 쓰게 된 시였습니다. 하지만 이런 저런 사정이 겹쳐 결국은 정말로 작별하게 되었습니다.

분노라는 것은 대개 여타의 감정에 비해 크고 사나운 감정입니다. 스스로 감당할 수 있을 때는 괜찮지만 자칫 자기 파괴적인 결과를 낳을 수도 있는 것이 분노입니다. 그러나 역설적으로 그러한 큰 에너지는 그동안 해왔던 관습이나 익숙한 태도에서 벗어날 수 있는 절호의 가능성을 제시해주기도 합니다. 그 가능성을 실현하는 과정은 시가 될 수 있고 말입니다.

이러한 과정에서 나오는 시는 통쾌함이나 시원함을 느끼게 해주곤 합니다. 특히 사회 공통의 내용을 다루는 시는 사람들의 억압된 목소리를 꺼내주는 역할을 하기도 합니다. 조금 개인적일지라도 보편적인 틀을 포함하고 있다면 어떤 경험을 공유하는 사람들에게 인상적으로 읽힐 수 있습니다.

글에도 힘이 필요할 때가 있습니다. 메시지를 예쁘게 전달하는 것만이 능사는 아닌 것입니다. 때로는 격식을 걷어치워야만 표현할 수 있는 메시지도 있습니다. 붓이 칼보다 강하다는 말을 하곤 하지만, 칼과 같은 붓질만이 칼보다 강할 수 있는 것입니다. 분노를 피하기보다 잘 다루는 사람은 그 몸이나 사유를 자유로운 상태에 이르게 할 수도 있습니다. 부정적인 감정처럼 보여도 시를 쓰는 일에서는 귀하고 소중한 감정인 것입니다.

◆ 과제

Q. 여러분의 분노는 다음 중 무엇에 더 가까운가요? 이유와 함께 생각해보세요.

1. 바다
2. 해
3. 바람
4. 기타

(4) '절망'은 어떻게 시가 되었을까

〈뼈로 된 인간〉

삐걱거릴 때에야 비로소 몸의 소리가 들렸다

두터운 옷자락이 더는 내게 없을 때
얇은 살갗마저 더는 내 것이 아닐 때

뼈는 나에게 투박한 말소리를 들려주었다

뼛속에 잠긴 나의 목소리를 듣는 것은
모래를 씹어 설탕이 되게 하는 것과 같아서
뼈에게 말을 건네는 동안에는
사탕을 핥아도 돌멩이를 핥는 것과 같아서

왜 자꾸 사람들이
근육에 집착하고 몸 위의 옷을 고르는 데 열심이었는가를
납득하기 어렵진 않았으나

귀가

더 이상 내가 듣고 싶은 것을 들려주지 않고
눈이
더 이상 내가 보고 싶은 것을 보여주지 않아

사람이 뼈로 되어 있다는 사실을 새삼 잊고 있었다는 사실이
사람이 얼마나 사람답지 않은 것으로 스스로를 지켜가고 있었는지를
생각하게 했다

죽어 묻힐 때
최후에 흙이 되는 것은 뼈였음을
나는 이제 잊지 못한다

(2018)

이 시는 절망의 감정에서 쓰인 시입니다. 그때는 원하는 공부를 미루고 일을 다니고 있을 때였습니다. 개인 내적으로 해결되지 않은 문제가 많은 상태였지만 현실에 대해 책임을 다하려 했습니다. 그러나 세상은 의지만으로는 해결할 수 없는 일들이 있었습니다. 사회의 속도는 제가 처한 현실의 속도를 염두에 두지 않았고 저는 점점 지쳐가고 있었습니다. 누가 보아도 번듯하고 능력 있는 청년이고 싶었지만, 결국 제가 직시해야 할 현실을 받아들일 수밖에 없었습니다.

저는 건강이 좋지 않았습니다. 고등학생 때부터 조짐이 있다가 대학 무렵부터 시작된 증상이 있었습니다. 명확한 병이 아니어서 치료를 받기도 어렵고 누군가를 납득시키기도 힘든, 혼자서 안고 가야 하는 그런 병증이었습니다. 군대에서는 이를 물고 견뎠지만, 직장을 다니면서부터는 점점 힘과 의지가 떨어지는 것을 느꼈습니다. 앞으로 얼마나 더 버티기만 해야 하는가, 이렇게 표면적인 모양만 챙기는 것이 무슨 의미가 있는가를 생각하며, 이제는 거짓된 말과 가망 없는 희망을 걷어내야 할 때라는 판단이 들었습니다.

이 시를 쓰고 저는 퇴직 의사를 밝혔습니다. 누구도 원치 않는 일이었지만, 저는 의사를 관철했습니다. 어쩌면 오래 살지 못할 수 있다는 예감 때문이었습니다. 사람이 죽으면 무엇이 남는가를 생각해보았습니다. 흔히 이름이 남는다고들 말했지만, 그런 상징적인 것이 아니라 진짜로 무엇이 남는가를 생각했습니다. 답은 단순했습니다. '뼈'였습니다. 퇴직을 결심하기 전날 저는 출근길에 뼈의 말소리를 들었습니다. 그것은 매우 덤덤하고 투박한 목소리였는데, 표면의 피와 살을 윤택하게 하는 삶이 아니라, 죽고 난 후에도 가치 있을 단단한 삶에 대해 이야기했습니다.

모든 잡다한 욕망이 불가능해졌을 때 들려온 그 목소리는 제게 매우 인상이 깊었습니다. 절망이라는 것을 우리는 부정적으로 생각하곤 하지만 절망이 그렇게 나쁜 것만은 아니었습니다. 모든 부수적인 것들이 무의미해지는 순간은 오직 절망의 순간뿐이었고, 그래서 필연적으로 본질을 감각할 수밖에 없는 순간은 바로 절망의 순간뿐이었습니다.

제가 여기서 보여드리는 20여 편의 시 대부분이 이때의 퇴직을 전후하여 쓰게 된 시들입니다. 이렇게 글을 남길 수 있게 된 것도 모두 그때 절망 속에서 내린 선택 덕분입니다.

어떤 감정이든 그 감정은 고유한 깨달음의 열쇠가 됩니다. 그래서 시를 쓰고자 하는 사람에게는 감정에 우열이 없습니다. 절망도 기쁨만큼 소중하고 귀한 작용을 해주기 때문입니다. 여러분이 현재 겪고 있을 감정들도 아마 충분히 소중히 여겨 마땅한 것들일 것입니다. 물론 절망 같은 것만 지속된다면 견디기는 어렵겠지만, 어떤 감정도 영원한 것은 없으니 말입니다.

◆ 과제

Q. 여러분의 절망은 어떤 모양을 하고 있나요? 절망이라는 추상적인 상태를 구체적인 이미지로 표현해보세요.

(5) '희망'은 어떻게 시가 되었을까

〈마지막 블록〉

무너지고 싶었죠
차라리 무너졌으면 좋겠다고 생각했어요
흔들거리고 너무 흔들거려서

아니 근데 블록 하나가 도통 빠져야 말이지요
주춧돌처럼 박혀서는 빠질 생각을 않으니
무너질 수가 있어야 말이지요

어떻게든 빼볼까 하다가
나 또한 누군가에게 그런 블록일지 모른다고 생각하니
그냥 두게 되었어요
그 누군가는 또
다른 누군가의 마지막 블록일 수 있으니까요

그러고 보면 내게 박힌 이 블록도
무너지고 싶었을지 모르는 일이에요
그런데 빠지지가 않았던 거겠죠

내 얼굴이 보였던 거겠죠
내 건너 얼굴까지 그려졌던 거겠죠

꼬리에 꼬리를 물고 보면
아마 원이 그려질 것 같아요
누구도 누구보다 특별하진 않지만
누구든 누군가의 마지막일 순 있는 건가 봐요

평범하지만 특별한 우리들이 원을 이루고 있었네요
커다란 원을 이루고 있었네요

(2018)

이 시는 희망의 감정으로 쓰게 된 시입니다. 정확하게는 절망의 감정에서 벗어나 희망으로 전환되는 순간에 쓰게 된 시입니다.

앞서 말씀드렸었던 것처럼 저는 건강문제를 안고 있었습니다. 절망을 딛고 나아갔었지만 그렇다고 삶이 곧장 희망적으로 변하는 것은 아니었습니다. 하루하루 애쓰며 살아야 한다는 사실이 삶을 점점 질리게 했습니다. 누구든 애쓰며 살기는 마찬가지였지만, 저는 어떤 성과나 성취를 위해서가 아니라 하루를 존재하기 위해서도 애써야 했기 때문이었습니다.

그래서 어느 무렵엔가는 그냥 무너졌으면 좋겠다는 생각을 하게 되었습니다. 아예 무너져버리면 더는 애쓰지 않아도 될 테니 그게 차라리 나을 것 같았습니다. 그렇지만 몸이라는 것이 쉽게 망가지는 것은 아니었습니다. 위태로워도 아주 무너지는 일은 일어나지가 않았습니다. 굳이 억지로 망가트려야만 하는 일이라면 상황이 조금 다르다는 생각이 들었습니다.

그러면서 저는 '젠가'라는 게임의 이미지를 떠올렸습니다. '젠가'는 쌓여 있는 나무 블록을 무너지지 않게 하나씩 빼내는 게임이었습니다. 그 게임을 하다보면 블록 하나가 전체 구조물이 무너지느냐 안 무너지느냐를 결정하는 경우가 있었습니다. 제 상태는 바로 그런 블록 하나가 반쯤 빠져 있는데 완전히는 또 빠지지 않는 상황 같았습니다.

그런데 이 이미지는 제 상태 안에서만 적용되는 이미지가 아니라는 생각이 들었습니다. 사람 간의 관계 속에서도 어떤 한 사람이 다른 여러 사람의 블록들을 좌우하고 있는 경우가 있었습니다. 어쩌면 제가 누군가에게는 그런 블록일 수도 있지 않을까 하는 생각을 해보았습니다. 반쯤은 빠져 있지만 아주 빠지지는 않아서 다른 사람을 무너지지 않게 지탱해주고 있는 그런 블록 말입니다.

그러면 저에 의해서 무너지지 않는 사람은 또 어떤 사람의 마지막 블록일 수 있다는 생각도 해볼 수 있었습니다. 그리고 다시 그 어떤 사람은 또 누군가의 마지막 블록일 수 있다는 생각도 가능했습니다. 그렇게 꼬리에 꼬리를 물면, 사람이란 결국 누군가를 지탱해주고 또 지탱 받는 존재라는 결론이 나올 수 있었습니다. 즉, 제 앞에도 어떤 마지막 블록이 견뎌주고 있었기에 지금까지 제가 무너지지 않고 있었다는 이야기였습니다.

분명 제 앞의 그 존재도, 자신의 삐걱거리는 상태에 지쳐 그냥 무너지고 싶을 때가 있었을 것이었습니다. 그런데 아직까지 무너지지 않고 있는 것은, 저를 염두에 두었기 때문일지 몰랐습니다. 그리고 제 뒤에 연결되어 있는, 혹은 앞으로 저와 연결 될 다른 존재들까지 헤아렸기 때문인지 몰랐습니다.

그렇게 저는 삶에 대한 책임감과 그것의 가치를 자각하게 되면서 절망에서 희망의 감정으로 옮겨올 수 있었습니다. 위의 시는 바로 그런 자각의 흔적이었습니다.

◆ 과제

Q. 여러분들에게 희망을 주는 대상은 무엇(누구)인가요? 그 대상은 또 어떤 이미지를 하고 있나요?

4. '사회'에서 시 찾기
(1) '동료의 얼굴'은 어떻게 시가 되었을까

〈지워진 얼굴〉

여보세요? 여보세요?
수화기 속의 암흑처럼 너는 응답이 없다
무슨 일인지 알고 싶어도
수화기 너머로 보이는 건 가로막힌 파티션뿐

머리 끄트머리가 배꼼 보여서
네가 있는 줄은 알겠다
고개가 돌아가지 않는 걸로 보아
무언가에 몰두 중인 것도 알겠다
그러나 다가가 보면
너는 무얼 보고 있던 거지
꺼진 모니터,
안개 낀 듯 탁한 화면에 뭉그러져 있는
너의 얼굴, 너의 눈동자

가끔씩 깜빡거리는 것으로 보아

전원이 나간 것은 아닌데
본체가 꺼져 있구나
그런데 어딜 누르지

입을 열어주면 안 되겠니
삼키는 일도 결국 뱉어내는 일이야
억지로 삶을 욱여넣어서
네 속은 아닌 듯 터질 것 같다

꺼져 있는 모니터
벨소리뿐인 전화기
너의 얼굴은
아무리 봐도 지워져 있구나

(2016)

앞선 다섯 편에서는 감정이 시로 이어지는 과정을 보여드렸습니다. 감정은 그 감정마다 고유한 성격과 가치를 가지고 있었고, 그것은 그 상태에서만이 이룰 수 있는 고유한 발견과 통찰을 가능하게 해주었습니다. 때로는 해당 감정에 몰두하는 과정을 통해서 시적 순간을 경험할 수도 있었고, 한 감정이 다른 감정으로 전환되는 순간에서 시적 순간을 경험할 수도 있었습니다.

이번 편부터 다섯 편은 사회 속에서, 다른 존재들과의 사회적 연관 관계 속에서 시가 찾아지는 것을 보여드리려고 합니다. 바로 위의 시는 제가 동료의 얼굴을 보고 쓴 시입니다. 정확하게는 군대에 있을 때 후임의 모습을 보고 쓴 시입니다.

저는 원래 행정병은 아니었는데 부대 확장으로 인해 저와 제 후임들이 행정업무를 봐야 했던 때가 있었습니다. 신설 부서가 생겨나면서 업무상 필요에 의해 보조 인원으로 차출된 것이었습니다. 저희가 원한 건 아니었지만, 저희는 임시 인원으로서 새 부서에서 새로운 간부들과 새로운 업무를 봐야 했습니다. 후임과 저는 서로 다른 간부의 보조를 맡게 되면서 각자의 업무로 바빴고 각자의 사정을 헤쳐 나가야 하는 상황이 되었습니다.

그러던 어느 날, 제 후임 쪽 간부가 제 후임을 미워하고 있는 걸 알게 되었습니다. 업무 방식과 성격의 차이 때문이었습니다. 시킨 일은 곧잘 하는 병사였지만 간부는 실수에 대해 예민하게 지적했습니다. 그 간부로서는 자신의 계급보다 높은 업무를 보게 된 것이 벅찼는지도 몰랐습니다. 하지만 그 간부가 간과하고 있던 것은, 원래 모든 업무는 다 그 간부 혼자의 일이라는 점이었습니다. 제 후임은 업무 배려 차원에서 붙여졌을 뿐, 소속도 자리도 없는 유령 인원이었습니다.

점차 제 후임은 멍하니 있는 모습을 보이곤 했습니다. 타 부서에 와서 이렇게 열심히 일하는데 그 수고를 인정받지 못한다는 점에서 회의를 느끼는 듯했습니다. 나름 위로를 건네곤 했지만 제가 해결해줄 수 있는 건 없었습니다. 저 또한 나은 처지가 아니었기 때문이었습니다. 정황상 제가 모르는 부분에서도 후임은 어떤 갈등을 겪고 있었지만, 후임은 제게 이야기해주지 않았습니다.

당시 제가 할 수 있는 건 시를 쓰는 일뿐이었습니다. 후임에게서 느껴졌던 감정을 그냥 지나칠 수가 없어 시라도 써야 했었습니다. 문제는 결국 원만하게 해결됐었습니다. 다른 문제와 함께 이런저런 변화의 시도가 있은 후였습니다.*

누구에게든 주변에 마음이 쓰이게 하는 사람이 한 명쯤은 있을 것입니다. 우리는 가까운 타인의 상태에 대해 아무렇지 않아 할 수 없는 사회적 존재들이니 말입니다. 그 사람에게 감응하는 것이 또 하나의 시가 되는 셈이겠습니다.

◆ 과제

Q. 여러분이 아끼는 동료나 친구의 모습을 이미지로 묘사해보세요. 동료나 친구가 아니더라도 떠오르는 사람의 이미지를 구체적으로 표현해보세요.

*당시 문제의 근원에 대해 대응하면서 쓰게 된 또 한 편의 시

〈장기〉

그 말을 쥘까 말까
말은 딱딱하게 굳어버렸지
땀방울이 흐를 즈음엔
조금 움직여 볼까

모양도 사라질 만큼
시간에 짓눌려서
이름은 새겨주었지, 깊숙이
이제는 말할 수밖에 없을 거야
너를 보면
모두 그 이름을 떠올릴 테니

수를 둔다는 건
말 위에 오르는 일이지
대국이 끝날 때까지
내려올 수 없어
판결을 기다리는 죄수처럼
허공에 매달려 응수를 묻자

뒤늦게 밀려 올 말굽소리를 삼켜

침묵하는 전장,
마음속엔 비겁함이 결연함이.

뿌옇게 떠오르는 흙먼지 사이로
아침이 그림자를 드리우면
나는 이제 달려가 볼까

(2016)

---

(2) '신호등'은 어떻게 시가 되었을까

〈행인과 오토바이〉

파란불이 드리운 횡단보도로
장전된 총알처럼
오토바이 하나가 달려온다

사나운 굉음
늦춰지지 않는 속도
횡단보도의 허리에서 행인은 헬멧과 눈이 마주친다

아직은 먼 거리
행인은 달리면 피할 수 있고
오토바이는 멈추면 비낄 수 있다

행인은 어쩐지
양팔을 벌리고 그 오토바이를 막아서고만 싶다
하지만 그 녀석의 헬멧은 아무리 노려봐도
표정이 없다

발을 동동 굴리며
소리 없이 재촉하는 신호등,

하지만 넌 파란불이잖아?
원망의 눈빛으로 신호등을 바라보는 행인

별 수 없구나, 앞으로 몸을 던지면
총알은 다행히 격발되지 않고 지나가지만
마찰음도 없는 한 줄기 적막에 허공은 그을린다

멀어지는 오토바이를
멀뚱히 쳐다보는 행인,

빨갛게 고개 돌리는 신호등.

(2018)

이 시는 횡단보도에서 달려오는 오토바이와 마주친 경험으로 쓰게 된 시입니다. 단순히 기분 나쁜 일로 끝날 수도 있었지만, 그 운전자에 대해서보다도 횡단보도와 신호라는 체계에 대해 집중하자 시로 이어지게 되었습니다.

해가 저문 한적한 횡단보도였습니다. 녹색 신호에 맞추어 반쯤

건넜을 때, 도로 저편에서 다가오는 오토바이의 굉음 소리가 들렸습니다. 오토바이는 횡단보도를 염두에 두지 않고 빠른 속도로 달려오고 있었습니다. 아직 꽤 먼 거리였지만 지금의 속도라면 저와 부딪칠 수 있는 상황이었습니다. 그 오토바이는 아마 저를 비껴가려는 마음이었을 것입니다. 그러나 속도만으로 이미 위협적이었고 신호를 지키지 않으려는 모습에서 안일한 생각을 떠올릴 수는 없었습니다.

오토바이 헬멧을 잠시 노려보았지만 반응하지 않았습니다. 횡단보도를 서둘러 건너는 수밖에는 없었습니다. 그러나 저는 뛰고 싶지 않았습니다. 규칙을 어기는 사람보다 규칙을 준수하는 사람이 피해를 봐야 하는 상황에 거부감이 들었습니다. 순간 오토바이를 막아서고 싶은 마음도 들었습니다. 그때 신호등 불이 깜빡거리는 것이 보였습니다. 빨리 건너오라고 재촉하는 것처럼 보였습니다. 결국 가장 큰 피해는 제가 입게 될 거라는 사실을 아는 듯했습니다. 녹색등이 저를 지켜주진 않는다는 사실에 야속한 마음도 들었습니다.

뉴스를 통해 종종 들리는 사건들이 있었습니다. 대기업이나 거대권력 앞에서 무고함을 입증하지 못한 개인이 피해를 뒤집어쓰고, 소송을 걸어 이겨도 감당할 수 없는 손실 때문에 결국 피해자가 침묵하게 되는 사건들이 말입니다. 법과 제도가 항상 정당한 자를 지켜주는 것은 아니었습니다. 제가 겪은 일이 이런 일에 비할 바가 되는 것은 아니었지만, 동일한 구조를 가진 현상이라는 점에서 연상을 할 수 있었습니다.

저는 결국 횡단보도를 서둘러 건넜습니다. 오토바이는 제가 있었던 자리를 빠르게 지나갔습니다. 소리가 귀를 때렸고 그 느낌은 마치 빗나간 총알 같았습니다. 불쾌한 기분보다도 우리가 살고 있는 사회 시스템의 일면을 보게 되었다는 인상을 받았습니다.

작은 사건이었지만 커다란 사건과 맥락을 같이 할 수 있다는 점에서 사적인 사건이 아니라 시적인 사건일 수 있었습니다.

◆ 과제

Q. 신호등 앞에서 신호가 바뀌는 것을 몇 번 지켜본 후에, 녹색등(파란불)에게 어울리는 다른 이름을 지어주세요.

(3) '수족관 백상아리'는 어떻게 시가 되었을까

〈나약한 백상아리〉

그거 아세요?
백상아리는 수족관에서 사육이 안 된대요
세계 어디에서도 성공하지 못했대요
수족관에 담겨지는 순간 식음을 전폐하고 헤엄을 포기한다나요?
하, 그거 완전 허울 좋은 물고기 아니에요?
강한 물고기라면 한두 가지 거슬리는 것쯤은 견딜 줄 알아야 하잖아요
입맛에 다 맞는 게 어디 있어요
굽힐 건 굽히고 맞출 건 맞추는 거지
무슨 대단한 신념을 지킨다고 입은 꾹 다물었대요?
아 설마, 그 이빨이랑 목구멍이 다 거짓이었던 건 아니겠죠?
들리는 말은 있는데 본 물고기가 있어야죠
그렇게 까다롭고 숨길 게 많았으면 바다에선 어떻게 살았대요
글쎄, 먹이도 주고 안전도 보장해주겠다는데
그렇게 핑계대고 불평하다 대뜸 목숨 줄만 끊으면 다냐고요

라고

수족관 물고기가 말했다

(2018)

이 시는 제가 백상아리에 대한 정보를 우연히 알게 되면서 쓰게 된 시입니다. 공포의 상징이라고 할 만큼 무시무시한 백상아리가 수족관에서는 맥없이 죽는다는 사실은 제게 매우 인상적인 사실이었습니다. 그것은 누구나 인정할 만큼 강한 생명체일지라도 적응하지 못하는 환경이 있음을 단적으로 보여줄 수 있는 사례였기 때문이었습니다.

사회는 대체로 사람들에게 모든 환경에서 원만하게 살아갈 것을 요구합니다. 집, 학교, 대학, 군대, 직장 어디에서건 부적응을 겪지 않고 씩씩하고 주도적으로 생활하기를 바랍니다. 하지만 사회 공간은 일정 수준 모두가 다 가면을 쓰고 행동하는 공간이었습니다. 사회적으로 용인되고 승인될 수 있는 자아의 형태는 제한적이었고, 개별 자아는 그에 맞게 스스로를 일부분 교정하거나 감출 수밖에 없었습니다. 그 일은 누군가에게는 쉬운 일일 수도 있었지만 어떤 이에게는 매우 힘겹고 고통스러운 일이었습니다. 바로 수족관의 백상아리처럼 말입니다.

사람들은 저마다 자기의 능력을 발휘할 수 있는 적합한 환경이 있습니다. 악보가 필요한 사람에게 숫자를 주거나 붓이 필요한 사람에게 기계를 주면, 그는 자신의 능력을 발휘할 수 없을 뿐만 아니라 심리적인 부적응도 겪게 됩니다. 때때로 어떤 이들은 이 문제를 유능함과 무능함의 문제로 생각하기도 했습니다. 하지만 수족관에서 죽어버리는 백상아리가 바다에서는 함부로 대적할 수 없는 위력적인 물고기라는 사실은, 그 관점이 가진 오류를 쉽게 지적해 줍니다.

어쩌면 백상아리는 자신의 자랑스러운 턱과 이빨이 무용하게 썩어가는 것을 보느니 차라리 목숨을 끊는 것이 낫다고 생각했는지도 모릅니다. 사람들이 백상아리를 수족관에 넣은 것은 분명 백상아리가 가진 무시무시함을 전시장의 그림 보듯 감상하고 싶어서였을 것입니다. 하지만 역설적으로 백상아리가 가진 힘의 전제인 바다라는 환경을 무시해버렸기 때문에 무기력한 물고기 외에는 아무것도 볼 수가 없게 되었습니다.

사회가 부적응을 겪으며 어려워하는 사람들에게 직접적으로 비난하는 일이 예전보다 적어지기는 하였습니다. 개개인의 문제를 탓하기 전에 사회 환경적 문제를 바라봐야 할 때가 있음을 자각하기 시작했기 때문입니다. 그러나 현실적으로 그 문제는 여전한 편입니다. 그를 이해해주는 건 상담사지 상사가 아니기 때문입니다. 이런 사회 속에서 백상아리의 죽음은 역설적으로 누군가에게 큰 위안이 되기도 합니다. 백상아리가 수족관에서 허무하기 죽는다고 백상아리를 나약하다고 손가락질할 사람은 어디에도 없기 때문입니다.

백상아리에 대한 정보를 통해 사회문제의 일면을 표현하게 된 것은 제가 글을 써오는 동안 암묵적으로 감당해야 했던 편견들이 있어서였습니다. 물론 저는 백상아리 같은 턱과 이빨 같은 건 갖고 있지도 못한 입장이었지만, 고유한 가치가 발현될 기회를 갖느냐 못 갖느냐, 정체성을 지키느냐 못 지키느냐 등의 문제에서 같은 맥락에 놓여 있던 적이 있었습니다.

사회문제란 이렇듯 뉴스에서만 볼 수 있는 것이 아닐 수 있습니다. 나 혹은 나와 비슷한 사람들이 겪는 현실이 사회문제의 하나일 수 있음을 자각할 때, 그 순간이 시가 될 수 있다고 하겠습니다.

◆ 과제

Q. 직업, 성별, 학력, 나이, 결혼 등, 사회에는 수많은 통념과 요구들이 존재합니다. 그리고 거기에 부응하지 못할 때 편견이나 선입견의 대상이 되기도 합니다. 여러분이 지금 사회와 맞서고 있는 요구나 편견에는 무엇이 있는지 한번 생각해보세요.

(4) '한 생명의 죽음'은 어떻게 시가 되었을까

〈주머니 안의 슬픔〉

어떤 죽음은 슬프고
어떤 죽음은 슬프지 않고
또 어떤 죽음은 반나절짜리인데
또 어떤 죽음은 한 달짜리다

죽음에도 값이 있어서
죽음에도 값을 매겨서
산 자는 가슴도 지갑 속에서 꺼낸다

안다,
슬픔은 추슬러야 하는 것이고
일상은 돌아가야 하는 곳이며
산 자에겐 산 자의 땅이 있다는 것을

그러나 산다는 일은 그저 하루하루를 온전하게 만드는 일일까

죽음은 떠나는 것이고 삶은 돌아오는 것이라고
말할 수 있을까
삶이 떠나는 것이고 죽음이 돌아오는 것이라고
말할 수는 없을까

한 자리가 문득 허전했다
들고 났기 때문이 아니라
하루가 짧다며
가슴 안쪽 주머니 속에서 가용한 슬픔 몇 장을 꺼내
그 값을 다 치러 버린 탓이었다

(2018)

이 시는 한 생명의 죽음을 보고 쓰게 된 시입니다. 어떤 생명의 죽음을 연상하셨을지는 모르겠습니다만, 그 '한 생명'은 햄스터였습니다. 죽은 대상이 햄스터라는 말을 확인하셨을 때 아마도 많은 분들이 의외라는 기분을 느끼셨을 것입니다. 강아지나 고양이 정도면 그래도 이해했을 텐데 햄스터라니, 어떤 편견의 생각들을 떠올리셨을지도 모릅니다.

제가 햄스터의 죽음을 통해 표현하고자 했던 것은, 바로 그런 '죽음에도 차등이 있다는 사실'이었습니다. 머릿속에서 편견을 완충시키기 전에, 직관적으로 우리는 햄스터보다는 개나 고양이의 죽음을, 개나 고양이보다는 사람의 죽음을 더 크게 느낍니다. 사람

중에서는 단순한 지인보다는 가족이나 친구의 죽음을 더 큰 것으로 느끼지만, 이것은 누구도 잘못되었다고 말할 수 없는 당연한 현상이었습니다. 생명이 다 소중해도, 감정을 나누어 온 시간이나 그 크기에 따라 마음이 동하는 정도가 달라질 수밖에 없는 건 인지상정이었기 때문입니다.

하지만 당연하다고 해도 무언가 석연치는 않았습니다. 우리는 왜 죽음에 차등을 둘 수밖에 없는가, 모든 죽음에 공평하게 슬퍼해줄 수는 없는가 고민해보았습니다. 저는 그 까닭을 우리가 모든 죽음에 슬퍼할 만한 여유가 없기 때문이라고 헤아려 보았습니다. 살아있는 사람이 자신의 삶을 꾸려가기 위해서는 더 중요한 것과 덜 중요한 것의 구분이 필연적으로 필요하다는 점을 고려한 것이었습니다.

말하자면 이것은 '경제관념'이었습니다. 100원짜리를 위해 1,000원을 지불하지 않고 1,000원짜리로 10,000원짜리를 살 수 없다는 가치의 구분이 생명에도 작용한 것이었습니다. 꽤나 충격적으로 느껴지는 사실이었습니다. 아무리 모든 생명이 다 소중하다고 말해도 일면식도 없는 걸인의 죽음을 자기 친족의 죽음만큼 슬퍼해줄 수 있는 사람은 없었습니다. 가던 길을 멈추고 죽은 곤충 앞에서 눈물을 흘릴 사람은 더더욱 없었습니다. '여유'가 적은 사람일수록 그 정도의 구분이 더 심할 거라는 생각이 들었습니다. 오죽하면 바쁜 꿀벌은 슬퍼할 겨를도 없다는 속담이 있는가 생각하기도 했습니다.

저는 그런 행위들이 지갑에서 지폐를 꺼내 슬픔의 값을 지불해버리는 행위처럼 느껴졌습니다. 더는 슬퍼하면 감정적으로든 금전적으로든 손해가 나니까 딱 그 값만큼만 지불해버리는 일처럼 느껴졌습니다. 지극히 현실적인 삶의 태도였습니다. 저 스스로도 그러한 마음이 있음을 알고 있었습니다. 이러한 태도가 나쁜 것이라거나 고쳐야 할 것이라고 말하기는 인간적으로 어려운 것이었기에, 그 현실적 불가피함에 대해 고민해보게 되었습니다.

세상에는 당연한 것들이 많이 있었습니다. 그러나 당연하다는 말이 곧 무결하다는 의미는 아니었습니다. 세상에는 상식이라는 말로 뭉개지는 1~2% 혹은 10~20%의 영역이 있었습니다. 경우에 따라서는 그 작은 영역이 전체를 뒤집을 만한 진실을 갖고 있을 때도 있었습니다. 그런 지점을 자각할 땐 시가 쓰이곤 했습니다. 시란 늘 그래왔듯이, 세상의 빈틈을 발견하는 일이기 때문이었습니다.

◆ 과제

Q. 드넓은 초원이 펼쳐져 있습니다. 그곳에는 '치타에게 잡아먹히는 가젤'도 있고 '가젤을 잡지 못해서 굶어죽는 치타'도 있습니다. 여러분은 어느 쪽이 더 안타깝게 느껴지시나요?

(5) '무료 종이책자'는 어떻게 시가 되었을까

〈연결〉

나눠주는 무료책자를 받았다
굳이 받지 않아도 되는 거였는데
엉겁결에

나 때문에 희생됐을 나무 한 그루를 위해
페이퍼 타월 한 장을 아낀다
젖은 손을 질질 흘리면
바람이 내 손을 싸늘하게 노려보긴 하겠지만
입은 옷 한 귀퉁이면
겨울도 펴레질 정도는 아니다

그리고 번쩍 발소리에 눈을 뜨던 전등과
화들짝 지게를 메던 에스컬레이터를 위해
오늘 하룻밤이라도
플러그에게 안식을 줄 생각이다

커튼만 활짝 걷어도

밤하늘은 내가 누군지 볼 수 있기에
나도 그들이 누군지 볼 수 있기에

(2018)

마지막 스무 편입니다. 이 시는 어떤 워크숍에 보조로 따라갔다가 쓰게 된 시입니다. 저는 워크숍의 정식 대상이 아니었지만 책형으로 되어 있는 안내 책자를 받게 되었습니다. 어차피 여유분 중에서 받게 되는 것이기는 했지만, 왠지 저로 인해 그 종이들이 소모되었다는 생각을 하게 되었습니다.

안내 책자를 받음으로써 이루어질 정보 순환의 가치를 생각하면 문제될 것은 없었습니다. 자연에 대한 미안함은 지극히 개인적인 감정으로 효용성과는 무관한 감상이었습니다. 닭고기를 먹으면서 닭에게 미안하다고 잠시 명복을 빌어주는 것과 비슷한 맥락이었습니다. 사람이 살기 위해 음식을 먹지 않을 수는 없지만, 그럼에도 동물에게든 식물에게든 미안하지 않은 건 아니듯이 말입니다.

그런 마음을 느끼고 있는 상황에서 화장실의 페이퍼 타월이 눈에 들어왔습니다. 저는 손을 씻고 페이퍼 타월을 쓰지 않는 편이었지만, 한겨울에는 한 장 정도는 뽑아서 쓰곤 했습니다. 그러나 아까의 일을 떠올려 작게나마 자연에게 보상을 해주고픈 마음이 들었습니다. 그래서 페이퍼 타월을 쓰지 않고 옷 귀퉁이에 물기를 닦았습니다.

그러면서 아까 전에 타고 왔던 에스컬레이터도 떠올렸습니다. 사람이 타면 센서가 반응해 작동하는 에스컬레이터였는데, 제가 타지 않았다면 작동하지 않아도 됐을 것이었습니다. 종이에 대한 미안함을 종이로 보상해보려 했으니, 전기 에너지에 대한 미안함은 전기로 보상해보면 될 듯싶었습니다. 그래서 집에 가서 불필요하게 꽂혀 있는 전자기기의 플러그를 꼭 뽑고 자야겠다는 생각을 해보았습니다.

아무도 눈치 채지 못할 작은 행동 작은 감정이었지만, 자연은 이것을 알고 있을 거라는 생각이 들었습니다. 우리가 생태계의 한 부분인 만큼 우리가 한 행동은 결국 돌고 돌아서 우리에게 미친다는 것을 모르지 않았기 때문이었습니다. 이 시는 그렇게 자연과 우리 사이의 연결고리를 다시금 인식하면서 쓰게 된 것이었습니다.

이로써 사회에서 시 찾기 다섯 편이 모두 끝났습니다. 이번 다섯 편에서는 우리가 별개로 존재하는 독립체가 아니라 세상과 유기적으로 살아가는 존재임을 발견하는 순간에 시를 쓸 수 있음을 보여드렸습니다. 세상은 여럿이 공존하며 살아가는 곳인 만큼 제도나 규칙, 질서 등이 필요하지만 그것들은 완벽하지 않을 수 있었고, 우리가 알게 모르게 수용하고 있던 사회적인 편견이나 고정관념이 누군가의 마음을 힘겹게 만들 수도 있었습니다. 상식과 올바름은 같은 말이 아니었고 사소한 순간일지라도 우리에게는 교감의 순간이 있을 수 있었습니다.

◆ 과제

Q. 길거리에 흩날리는 전단지들이 보입니다. 누가 받고 쓸모없어서 버린 것입니다. 그러나 그 전단지도 한때의 무엇이었겠지요. 그 전단지의 내력을 상상해보세요.

그리하여 전하는 말은

이렇게 집 안에서, 거리에서, 마음에서, 사회에서 찾은 스무 편의 시를 보여드렸습니다. 이를 통해 여러분들에게 전하고자 하는 바는, 시란 일상의 산물이며, 문'학'적 성취가 아니라 '삶'의 성취를 위해 쓰인다는 점입니다. 그러므로 우리가 시인이 되고자 한다면 그것은 시로 이름을 날리기 위해서가 아니라, 시를 통해 삶을 아름답게 살아내고 그 아름다워진 삶을 남겨 궁극적으로 세상을 조금이라도 더 아름답게 하기 위해서라고 할 것입니다.

시를 쓰게 하는 것은 문학적 '기교'가 아니라 삶의 '진실'입니다. 시를 공부하는 사람은 기교를 익히는 데 공연히 힘을 낭비할 것이 아니라 자신이 겪고 있는 삶의 진실이 무엇인지에 대해 좀 더 정미하게 집중해야 합니다. 진실을 가장한 채 내 삶을 뒤덮고 있던 거짓과 가식들을 걷어내고 진정으로 내가 느끼고 살아가는 것에 대해 이야기할 때, 내 삶을 타인의 언어에 내맡기지 않고 나의 언어로 직접 구조해 낼 때, 우리는 진정 시인이 된다고 할 것입니다.

특별한 경험이나 고상한 표현이 시를 보장해주지는 않을 것입니다. 시는 남이 모르는 것에 대해 이야기하는 것이 아니라, 누구나 알지만 누구도 짚어내지 못했던(않았던) 것에 대해 이야기하는 일이기 때문입니다. 따라서 시를 쓰고 시인이 될 가능성은 누구에게나 있다고 할 것입니다. 평생을 시인으로 사는 일이라면 모를까, 어느 순간엔 누구든 시인일 수 있는 일이라 하겠습니다.

시를 너무 어렵게 접근하는 사람들이 많아서 안타까웠습니다. 본질이 무엇인지는 듣지 못한 채 어려운 말들 속을 헤매고 있을 예비 시인들이 안타까웠습니다. 시에 전문한 사람이 되는 것은 필시 어려운 과정을 견뎌내야 하는 일이지만, 우선은 '시'를 쓸 줄 알고 나서 차차 전문적인 시로 나아가야 하는 일일 것입니다.

한편으론, 시단의 시가 너무 전문화되자, SNS 등에서 말놀이에 불과한 것들이 시라고 쓰이고 읽히는 현상 또한 안타깝게 느껴졌습니다. 세상의 다양한 정서와 감상 중에서 사랑이나 연애의 정서에만 과몰입한 편중적인 글귀들에 대해서도 아쉬운 마음이 들었습니다. 우리 사회의 시의 대중화를 막고 있는 것은, 시의 본질을 잊고 너무 고귀해져버리거나, 시의 가치를 살피지 못하고 너무 쉽게 소비해버리려고 하는 양극화 현상에 있다는 생각이 들었습니다.

시의 올바른 작용에 대해 이야기하고 싶었습니다. 14년째 시를 쓰면서 몸으로 겪고 탐구해온 시의 본질적 가치에 대해 말씀드려 보고 싶었습니다. 어쩌면 거창한 이야기를 하기에는 너무 모자란 작품들을 가져왔었는지도 모릅니다. 그래도 강의의 취지와 전달에는 적합한 작품들이라고 생각했습니다. 사실 어떤 면에서 그 시들은 잘 써진 다른 작품들보다도 더 애정하는 것들이었습니다. 삶이 가장 아팠고 스스로도 정말 시인이었다고 생각하는 시기에 쓴 것들이었기 때문입니다.

〈부록〉으로 '정신에서 시 찾기' 5편을 추가하였습니다. 아마 이 강의를 정말로 마무리해줄 시들은 거기에 있다고 생각됩니다. 이어지는 2장은 시에 대하여 스스로 묻고 답해온 것들을 정리한 것입니다. 시를 쓰다가 어려운 순간에 참고가 되면 좋겠습니다.

2장

단편 시론

-시에 대한 이해-

1. 어떤 사람들이 시를 쓸까?

시가 가진 특성의 상당수는 예술이 갖고 있는 일반 특성과 비슷합니다. 예술가라면 누구나 시인처럼 세상의 숨겨진 진실을 발견하고 그것을 표현하고 싶어 하지요. 그러나 어떤 사람들은 그것을 그림을 통해서, 또 어떤 사람은 음악(등)을 통해 이루어 갑니다. 예술이라는 특성만으로는 굳이 시를 읽거나 쓰게 될 필연성은 없는 것입니다. 그렇다면 어떤 사람이 시를 다루게 되었다는 것은 무슨 특성 때문일까요?

우선, 시를 쓰는 사람은 그림을 그리는 사람과는 달리 물리적 직관성을 추구하지는 않는 편입니다.(시각적 직관성 vs 언어적 직관성) 또 음악을 하는 사람처럼 공간을 사로잡으며 이목을 끄는 방식도 좋아하지는 않는 편입니다. 액자 속의 그림처럼 한눈에 바라봐지지는 않지만 곰곰이 생각하면 보이는 그림을 좋아하고, 악기 소리처럼 공간을 사로잡진 않지만 사람의 마음속에선 가득 울릴 수 있는 소리를 좋아합니다.

시가 '문자 언어'를 통해 그 예술의 영역으로 들어간다는 점에서 필연적인 특성들이기도 합니다. 문자 언어는 1차적 감각으로는 접근할 수 없기 때문에 무언가를 곧바로 드러내기를 좋아하는 사람이라면 반기지 않게 될 것이니 말입니다. 또한 언어라는 명료한 의미 체계는 감각의 공유 차원에서 만족할 수 있는 사람이라면 굳이 사용하지 않게 될 요소이기도 합니다.

시는 상대적으로 기꺼이 다가와줄 준비가 된 사람에게 다가가는 장르입니다. 아무렇게나 읽힐 수 있는 자리에서는 그 목소리를 잘 꺼내지 않는 편입니다. 그렇다고 일부러 자기 모습을 감추거나 숨기지는 않습니다. 오히려 모든 것을 드러내고는 있지만 보고자 하는 사람에게만 보이도록 해놓을 뿐입니다. 그래서 비밀스러운 듯 열려 있고 소극적인 듯 적극적이라 할 수 있습니다.

시인 중에는 스타가 존재하지 않습니다. 그 스타라는 말이 레드카펫을 밟는 사람이라는 전제에서 말입니다. 스타는 다른 조명들이 자신을 비추도록 하는 사람이지만 시인은 다른 존재들을 빛내주는 사람이기 때문입니다. 시인은 자신이 통찰한 메시지를 세상에 남겨놓는 것에 관심이 있지 자신을 빛나게 하는 데에는 크게 관심이 없습니다. 다른 존재들이 빛날 때 그 밝아진 길을 걷는 것이 더 좋은 사람들입니다.

시인은 손이 없어도 시를 쓸 수 있습니다. 언어의 구현은 손이 아니라 정신을 거치는 일이기 때문입니다. 반면 음악이나 미술 같은 분야는 정신을 활용하더라도 손놀림이나 붓질 등의 1차적 스킬의 연마가 필수적입니다. 시도 언어를 갈고닦기는 하지만 글씨 자체와는 관련이 없습니다. 필기할 여건만 되면 언제 어디서나 쓸 수 있는 시는 물리적 제약으로부터 자유롭습니다. 그래서 누구든 당장의 현실에서 시작해볼 수 있는 몇 안 되는 예술 분야라고 할 수 있습니다.

소설도 시와 같은 예술 특성들을 상당부분 공유합니다. 그러나 소설보다는 시가 예술적 기질이 좀 더 강합니다. 서술을 하는 소설은 전달 과정에서 사회 공통의 언어 체계와 문법을 올바로 준수해야 하지만, 표현 중심인 시는 문법의 활용에서도 일정 수준의 자유가 허용되기 때문입니다. 문법에 개인적인 자유가 주어진다는 것은 사회 일반 언어로는 표현할 수 없는 의미의 빈틈까지도 다룰 수 있게 된다는 의미입니다. 그래서 의도에 맞는 언어만으로 최적의 표현을 이룰 수 있는 시는 좀 더 절묘하고 속박이 적은 것을 찾는 사람들이 좋아할 만합니다.

다른 예술들과 비교했을 때 상대적으로 시를 쓰는 쪽에서 두드러질 만한 특성들은 이러한 것들입니다. 여기서 말씀드린 것들이 절대적인 특성들이라고 할 수는 없겠지만 시와 시를 향유하는 사람들의 성격을 참고하는 데 도움이 될 것입니다.

2. 읽어도 이해가 안 가는 시, 왜 읽을까?

시를 읽다 보면 이해가 잘 가지 않는 시들이 있습니다. 시의 기본적인 난해함을 감안하더라도 어떤 시들은 전혀 가늠할 수 없을 만큼 읽히지가 않습니다. 읽히더라도 특별한 감상 포인트가 느껴지지 않을 때도 있습니다. 시집으로 나오는 것을 보면 그래도 충분히 가치 있는 시일 것 같은데 어떻게 접근해야 그 가치를 느낄 수 있을지 난감합니다.

학창 시절 학교에서 익혔던 방식으로는 도움을 얻기 어렵습니다. 시험과는 무관한 실제 감상에서는 지식 기반의 감상은 큰 도움이 되지 않기 때문입니다. 전문 비평서를 참고하자니 전공 수준의 전문용어들이 가득해서 시 한 편에 이르는 데 거쳐야 할 것이 너무 많습니다. 그렇다고 대중 서적의 도움을 받자니 시를 '식후의 디저트'쯤으로 여기는 책들이 많아서 깊은 이해를 구하기는 힘듭니다. 시에 전문하지 않은 독자들로서는 시를 읽기가 이렇게 난감한데 이러한 환경을 개선하려 애쓰는 사람은 별로 없습니다.

많은 시인들과 전문독자들은 '왜 시를 읽는가', '어떻게 시를 읽는가'에 대한 자신들의 진솔한 이야기를 펼쳐줄 필요가 있습니다. 대중들은 시에 대한 전문적인 지식보다는 사람에게 시가 어떤 의미일 수 있는지가 더 궁금합니다. 대중들이 시의 의미를 알아서 깨우쳐가도록 방치하는 건 너무 구시대적입니다. 실제 감상과 효용에는 무관한 오래된 시론을 읊어주는 것도 무용한 일입니다. 좀 더 적극적으로 시 바깥에 있는 사람들에게 피부로 느껴질 만한 이야기를 들려줄 필요가 있습니다.

이제 본론을 위해 두 가지를 전제해봅니다. 시가 난해하지만 시인이 시를 잘못 쓰지 않았다는 점과, 독자가 시를 대충 읽지 않았다는 점입니다. 이러한 전제를 두는 까닭은 대부분 이 두 전제에서 난독이나 오독의 원인이 해결될 것이기 때문입니다. 외부와 단절하고 자기 세계에만 너무 깊이 빠져버린 시인이나, 시라는 정서 전달 매체에서 정보만을 구하려 하는 독자들은 시를 통한 소통에서 불통을 경험하게 될 것입니다. 시를 오직 자기표현의 수단으로만 아는 시인들은, 시가 일기장이 아니라 시집에 적히는 이유를 생각해야 할 것입니다. 독자들 또한 시는 수수께끼가 아닌데도 자꾸만 무언가를 알아맞히려는 정답의 강박에서 벗어날 필요가 있을 것입니다. 여기서 이야기할 시의 난해성이란, 이런 부수적 요인을 배제한 좀 더 본질적인 차원의 이야기입니다.

결론적으로 시가 잘 이해되지 않는 까닭은 시가 '타인'을 담고 있기 때문이라고 할 수 있습니다. '타인'이 담기어 있다는 말은 단순히 '다른 사람'의 작품이라는 말이 아닙니다. '타인'이란 본질적으로 '나'와 다른 존재를 의미하는데, 이 '타인'은 대중 예술에서는 만나기 어려운 대상입니다. 가령 드라마나 대중 소설에서 등장하는 인물들은 대개 '우리'의 모습들을 담고 있습니다. 상식의 범주에서 충분히 헤아릴 수 있는 대상들이어서, 나와 다르다고 해도 특별히 낯섦까진 잘 느껴지지 않는 '비 타인'의 존재들입니다. 그들은 때로 욕망으로 조립된 인위적 존재들이기도 합니다. 우리가 이미 알고 있는 인간 유형을 취향에 맞게 조립했을 뿐, 실재하는 한 인간의 진실이나 본질에 대해서는 말해 주지 않는 상상 속의 인간들인 것입니다.

조금 심도 있는 매체에서는 '보편적인 인간'의 모습을 보여주기도 합니다. 이때에는 인간이라는 존재 자체에 대한 통찰을 구할 수는 있습니다. 그러나 어느 한 개인에 대한 이해로 나아가기는 힘들 수 있습니다. 절대적으로 타자를 배제하는 인간 유형이 있다고 하기는 어렵겠지만, 보편적인 유형의 인물은 개인적 특수성을 단지 치장물로만 걸치고 있을 가능성이 높기 때문입니다. 이렇듯 우리가 대중 매체를 통해 접해온 인간의 모습은 크게 '우리' 혹은 '상상 속 인간', 아니면 '보편적 인간'의 모습이지, '타인'의 모습은 아닌 것입니다.

단적으로 '타인'이란 나와 다른 우주입니다. 지구에서의 1년과 화성에서의 1년이 주기가 다른 것처럼, 내가 상식이라고 알고 있는 것이 타인에게는 상식이 아닐 수 있고, 내게 특별한 일이 타인에겐 특별한 일이 아닐 수도 있습니다. 생각하고 행동하고 가치 평가하는 모든 순간 속에서 나와 다른 과정을 겪고 그것을 당연한 것으로 인지하는 주체가 바로 타인입니다.

우리는 사회적인 만남 속에서 '사회적 인격'을 연기하지 우리 모습 그 자체를 보여주지 않습니다. 우리는 사회화 교육을 받습니다. 여러 사람이 살아가는 사회 속에서 서로가 납득할 수 있는 표준의 모습을 갖추도록 훈련을 받습니다. 그래서 한 사람은 타인이면서 동시에 타인이 아니기도 합니다. 대체로 부부와 연인의 차이는 타인이냐 아니냐의 차이입니다. 사회적 연기가 끝났을 때, 사회적 연기를 더는 지속할 수 없을 때 드러나는 것이 타인의 모습이며, 이 모습은 언제나 사회적으로 많은 평가와 비평의 말들을 불러옵니다.

우리는 대중 작품 속의 주인공을 보며 그가 내 애인이기를 꿈꾸곤 합니다. 대중 매체는 매력적이고 사회적으로 용인될 수 있는 모습들을 보여주기 때문입니다. 반면에 독립 예술 영화를 보고 나서 그 영화의 주인공이 내 애인이기를 꿈꾸는 사람은 없습니다. 인물이 아무리 매력적이어도 그 영화 속에서 본 것은 한 명의 인간이지 사랑스러운 공주나 왕자가 아니기 때문입니다.

그렇다면 시는 왜 그런 껄끄럽고 복잡한 '타인'을 담고 있을까요? '타인'을 담고 있다는 것은 어떤 의미인 것일까요? 우선적으로, 시는 삶의 진실을 표현하는 것 외에 별다른 목적을 갖고 있지 않기 때문입니다. 돈을 벌거나 홍보를 하기 위해 계획적으로 특정한 곳을 유도하는 자본주의의 생산물들과는 의도가 전혀 다른 것입니다. 그래서 가식적일 이유나 거짓되게 꾸밀 필요가 없게 됩니다. 누구의 비위나 계산을 맞출 필요가 없기 때문에 인격 그 자체에서 나오는 자유로운 목소리를 드러내게 됩니다.

타인의 진실한 목소리는 이미 알고 있는 인간에 대한 이해를 반복하고 강화시키는 것이 아니라, 이미 알고 있던 인간에 대한 이해를 수정하고 확장시킵니다. 가식은 다시 가식을 불러와 우리의 숨을 더 답답하게 하지만, 누군가의 용기 있는 진솔함은 다른 진솔함을 불러와 우리의 삶을 더 넉넉하게 합니다. 그리고 이것은 서로의 표면을 꾸미는 데 발생했던 사회적 비용을 감소시키고 우리에게 더 중요한 본질적 문제에 집중하게 합니다.

우리가 기존에 합의된 것들에 대해서만 말하던 행위를 중단하고 진실한 것에 대해 이야기할 때 언어에는 변형이 시작됩니다. 내가 알던 '사랑'과 타인이 알던 '사랑'이 다름을 알게 되면, 나의 사랑을 타인에게 전하거나 혹은 타인의 사랑을 이해하기 위해 '사랑' 이외의 말을 헤아리게 되는 것입니다. 이러한 과정이 바로 시어를 고르는 과정이 되고, 이것이 바로 시의 필연적인 난해함을 불러오는 요인이 됩니다. 우리가 평소에 겪어보지 못했던 사람들의 목소리일수록 언어는 더 어렵게 변형됩니다.

타인이 주는 난해함은 불편함이나 거북함으로 느껴지기도 합니다. 이는 생물학적으로 심리학적으로 당연한 현상일 것입니다. 나와 다른 것에 대해 경계하지 않는 것은 생존에 지장을 줄 수 있었기 때문입니다. 그러나 시집은 위험한 공간이 아닙니다. 이상한 교리를 전달하지도, 엄중한 철학을 전달하지도, 불변의 법칙을 전달하지도 않기 때문입니다. 시는 진실을 표현할 뿐 진리를 강요하지는 않는 것입니다.

읽어도 이해가 잘 가지 않는 시를 굳이 읽는 이유는, 그것이 사회 속에서 쉽게 만날 수 없거나 내가 모르는 세상 속의 사람을 만나게 해주는 진실한 창구가 되어주기 때문입니다. 표면의 의문들이 아니라 심층적인 의문들에 대하여 '나와 다른 사람들도 이러한 것들을 느끼며 살아가는구나' 하는 감상은 그 자체로 우리의 숨통을 열어주고 삶에 커다란 위안을 주기 때문입니다. 그리고 그때의 위안은 단순히 '괜찮아' 하는 식의 피상적이고 임시변통적인 말들로는 이룰 수 없는 깊고 진한 위안이 되기 때문입니다.

우리는 결국 어떤 사람의 시를 이해하지 못할 수도 있습니다. 사실 완전히 이해할 수 있는 시란 존재하지 않을 겁니다. '타인'은 나와 다를 뿐만 아니라 결국 도달할 수 없는 우주이기 때문입니다. 그러나 이해 그 자체의 여부는 생각보다 중요하지 않을 수 있습니다. 시를 통해 얻을 수 있는 커다란 가치 중 하나는 그러한 진실들이 이 세계에 존재함을 아는 것입니다. 즉 이해한 후가 아니라 이해를 시도하는 중간이 중요한 것입니다.

3. 잘 쓴 시의 기준

글 잘 쓰는 사람들이 많아진 시대입니다. 계층 간의 지식과 정보의 편차가 심했던 과거와 달리 지금은 누구나 일정 수준 이상의 교육을 받고 전문적인 지식도 쉽게 접할 수 있습니다. 따라서 웬만큼 시를 잘 쓰는 일은 누구나 시도해볼 수 있는 일이 되었고 전문가가 아니더라도 수준 높은 작품을 만들어내는 사람들이 많아지게 되었습니다. 그러면 이제 잘 쓴 시는 어떻게 구분해야 하는지 의문이 들게 됩니다. 모두 다 잘 쓴다면 그중에서 더 잘 쓴 시를 구분하는 것이 무슨 의미를 갖는지도 궁금해집니다.

결론부터 이야기하자면 잘 쓴 시란 다른 시로 대체되지 않는 시를 의미합니다. 다른 것으로 대체되지 않는다는 것은 기성품을 조립하여 만들지 않고 시인 그 개인의 고유성에 기반을 두어 창작했다는 의미가 됩니다. 고유성은 시대를 불문하고 '그 사람'이 '그 순간'에 만들어낼 수 있는 것을 담았을 때 느껴집니다. 감상자에게 기존의 작품에서 가지고 있었던 태도를 버리고 그 작품에 맞는 새로운 태도를 갖출 것을 요구하는 것이 바로 고유성입니다. 아무리 많은 작품 사이에 쌓여 있어도 쉽게 비교되지 않고 시대가 흘러도 구식으로 느껴지지 않고 새롭게 읽히는 작품들이 바로 고유성을 잘 간직한 작품들인 것입니다.

시가 겉보기에 아무리 훌륭해 보여도 다른 시인의 문체를 답습하고 있거나 유행하는 표현 방식을 많이 따르고 있으면 금세 뻔하고 지루한 인상을 주게 됩니다. 시를 처음 읽는 사람에게는 인상적일 수도 있지만 그것은 잠시뿐입니다. 다른 시인들의 시나 여러 시대의 시를 조금 읽어본 후에 다시 그 작품을 보게 되면 처음의 감상보다 나은 감상이 이루어지기는 어려울 것입니다.

마트에서 사먹는 레토르트 식품이 아무리 맛이 좋아도 전문 식당에서 사먹는 음식과는 비교가 될 수 없을 것입니다. 프렌차이즈 음식점에서 먹은 음식이 아무리 맛있더라도 어느 잘하는 개인 식당의 음식만큼 기억에 남지는 않을 것입니다. 쿠키를 먹어도 공장제와 수제를 구분하듯, 객관적인 품질이나 수준은 둘째치더라도 어디서나 볼 수 있는 것에는 높은 가치가 매겨지지 않습니다.

우리가 예술작품을 접하는 까닭은 한 사람이 가진 심층적인 내면이 궁금해서입니다. 그 사람이 경험하고 있는 세계와 그곳에서의 언어가 궁금해서입니다. 만약 그가 솔직하게 자기가 겪는 세계에 대해 이야기해주지 않으면 사람들은 굳이 그 사람의 작품을 볼 이유가 없게 됩니다. 뻔하고 대중적인 이야기, 누구에게나 옳은 이야기, 관념적인 사실 등은 그 사람이 아니더라도 어디서든 접할 수 있으며 감상자도 이미 알고 있는 것들이기 쉽습니다.

어떤 시가 아무리 작고 소박해보여도 다른 어디에서도 볼 수 없는 느낌을 주고 있다면 감상자는 끌림을 느낍니다. 아무리 허름한 식당이라도 그 식당만의 고유 가치가 충분하면 사람들이 먼 길을 거쳐서라도 가는 것과 비슷합니다. 그 식당이 사라지면 더는 그 맛이 세상에 존재하지 않아 아쉽게 되는 것처럼, 그 시인이 사라지면 다시는 볼 수 없는 시라는 아쉬움을 주는 작품이 비로소 잘 쓴 작품이 되는 것입니다.

고유한 작품을 써내는 일은 그래서 생태계에 하나의 종을 더하는 일과 같습니다. 그 종이 어떤 역할을 하고 어떻게 살고 있는지는 사람들이 모를 수도 있지만 그 종이 사라지면 우리가 어떻게든 영향을 받게 됩니다.

물론 고유한 것과 독특한 것은 구분해야 합니다. 우리는 세계에 다양한 종이 서식하는 모습을 보길 바라지 우연한 변종으로 가득 차길 바라지 않습니다. 하나의 종이 된 것들은 이 세계 어딘가의 빈 곳을 채워 거기서 번식하고 순환하며 살아갑니다. 그러나 우연한 변종은 자생하지 못하고 일회적인 사건에 그칩니다. 특정한 현상을 야기할 수는 있지만 그것이 생태계의 빈틈을 채워주지는 못합니다. 생태계의 빈 곳을 메우는 것은 특정한 목표를 지닌 임시거주자가 아니라 한두 개의 목표로 환산되지 않는 본연의 삶 자체를 영위하고자 하는 종에 의해 가능해지는 것이기 때문입니다.

하나의 종을 대체할 수 있는 다른 종이란 존재하지 않습니다. 고유성이란 그것이 지닌 삶의 깊이와 진실함에서 나옵니다. 겉보기는 쉽고 단순한데 막상 따라할 수 없는 작품들은 고유성이 담긴 작품들입니다. 내가 아니면 발굴할 수 없는 것을 발굴해내는 것, 시를 비롯해 예술을 하고자 하는 사람은 이와 같은 방향성을 마음속에 굳게 간직하고 있어야 합니다. 자신만의 과업을 수행하는 마음으로 이루어가는 작품은 반드시 대체될 수 없는 가치를 지니게 되는 때를 맞습니다. 설령 그 작품을 누군가가 인정해주지 않을지라도 그것이 예술임에는 누구도 부정하지 못하게 될 것입니다.

4. 시인의 사회적 역할

시인의 존재는 사회에 어떤 의미가 될 수 있을까요? 어떻게 보면 경제활동에 전념하지 않는 시인들은 이른 바 '쓸모없는' 활동에 몰두하는 사람들입니다. 한 명이라도 더 고부가가치 산업에 종사하는 것이 국가 경쟁력에 도움이 되고 기업의 생산에 도움이 되고 가계의 풍요로움에도 도움이 된다고 여기는 것이 자본주의의 상식입니다. 돈 때문에 울고 웃는 일이 많은 현실 속에서 사람들은 어떻게든 무리 없이 돈 잘 버는 직업을 가지려 애씁니다. 순수한 목적의식은 지속되기 어렵고 현실의 장벽 앞에서 많은 이들이 좌절을 경험하며 가시적인 이익이 창출되지 않는 일에서 지지를 구하기란 어렵습니다. 그런 사회 속에서 시인들은 그러나 어렵고 이익 없는 시 쓰기를 묵묵히 이어나갑니다. 시인들은 왜 그런 행동을 고수하며, 사람들은 또 왜 그런 시인들을 필요로 하는 것일까요?

굽은 나무가 선산을 지킨다는 속담이 있습니다. 자손들이 빈곤해지면 조상 무덤에 있는 나무들까지 팔아 돈으로 쓰게 되는데, 이때 굽은 나무는 팔리지 않아 오히려 선산을 지키는 쓸모를 하게 된다는 이야깁니다. 『장자』에도 '계피나무나 옻나무 등은 쓰임이 있어서 일찍 베어지지만, 옹이도 많이 박히고 결도 안 좋아 아무도 베어가지 않는 나무는 결국 제일 크고 무성하게 자라서 제 본성을 발휘하게 된다'라는 이야기가 있습니다. 이것을 무용지용(無用之用)이라고 말합니다. 시도 언뜻 보면 사회에 무슨 도움이 될까 싶을 수 있지만, 결국 자본이나 사회의 유행 및 이슈 등에 휩쓸리지 않고 본성을 꿋꿋하게 간직한 채 제 자리를 지켜 사람들의 마음을 수호하는 긍정적인 역할을 해주는 것입니다.

사람들은 평상시와 같이 살아가다가도 사회가 크게 흔들리거나 격변이 일어날 때 기회주의적인 면모를 보이곤 합니다. 기회란 누구나 엿보는 것이라 생각할 수도 있지만, 과도한 욕망에 기반을 둔 행동들은 사회 전체에 악영향을 끼칩니다. 차액을 노린 부동산 투기의 과열이나 입주권 불법 매매 등은 정말 집이 필요한 사람들의 내 집 마련을 어렵게 만들었고, 이슈성 강한 주식 투자나 비트코인 열풍은 과도한 대출과 가격 불안정으로 사회 불건전 자산의 증가와 신용불량자 양성의 원인이 되었습니다. '악화가 양화를 구축한다'라는 말이 있듯, 불건전한 돈(악화)은 건전한 돈(양화)을 몰아냅니다. 한 사람의 부패나 부정은 한 사람 안에서 끝나는 것이 아니라 주변의 다른 사람들까지 부패하고 부정하게 만드는 것입니다.

올바른 시인들 중에는 경제적 실익을 위해 불건전한 활동에 가담하는 사람은 없습니다. 시인 외에도 가담하지 않는 사람들이 없는 것은 아니지만, 시인들은 거기서 멈추는 것이 아니라 그 사회 현상의 모순을 발견하고 그것을 표현해서 들추고 억지하는 역할을 맡습니다. 누군가는, 법을 위반하는 일도 아닌데 좋은 기회를 취하지 않고 있다고 비웃을 수도 있지만, 그렇게 해서 이득을 얻는 것이 사회에 좋지 못한 순환을 야기할 수 있음을 알기에 시인들은 자기 본연의 임무에 충실할 뿐입니다.

만약 시인이 돈이 많거나 강한 권력을 지녔다면 누군가 옆에서 유혹하고 시험하는 사람들이 있었을지 모릅니다. 또, 누군가의 지시 아래에 놓여 있었다면 본인의 의지와 무관한 일을 그대로 따라야 했을지도 모릅니다. 하지만 시인은 당초 소유와 권력에서 별다른 지위를 갖고 있지 않고 누군가의 지휘나 명령 아래에 놓이지도 않아서, 한 개인으로서 행하는 진리 탐구와 진실 발견에서는 별다른 방해를 받지 않게 됩니다.

사회가 급변하고 기술이 고도화되고 분야의 독립성이 강해지면서 어떤 문제를 충분히 숙고할 시간을 갖기 어려워진 사람들은 갈수록 간편한 진실과 단순한 진리를 추구하려 합니다. 작지만 소중한 것들의 희생은 편리함의 대가로 알 수 없는 불편함과 허전함을 남깁니다. 많은 자본을 축적했지만 왜 벌었는지 어디에 써야할지는 모르는 사람들은 사회를 움직일 수 있는 강한 힘을 갖고서도 인간 삶의 빈틈을 채우기보다 빈틈을 넓히고 다시 불리는 일에 몰두합니다. 사회변화에 휩쓸리는 사람들을 구제하는 것은 시인이 아닌 정책과 구조의 일이지만, 그 물살을 둔화시키고 쉽게 휩쓸리지 않는 단단함이 개인 안에서 싹틀 수 있도록 곳곳에 단서를 놓아주는 것은 저마다의 시인들이 발견해놓은 삶의 진실들입니다.

사람들의 통상적 생각이나 관념이 한 쪽으로 치우쳐 있거나 서로 간에 혐오와 차별을 조장하고 있을 때도 시인은 의미 있는 역할을 해냅니다. 어떤 이들은 그 문제를 정치적으로 이용해 권력을 얻는 데 쓰지만 시인은 그 문제의 본질을 헤아려 갈등의 단서가 되는 지점을 고민합니다. 시인들은 의사 표현의 내용뿐만 아니라 그 방식에 있어서도 자유로운 방식을 택하여 어떤 문제를 평면이 아니라 입체로 바라볼 수 있도록 도와주기도 합니다.

시인만이 이러한 일을 하는 것은 아닐 것입니다. 그러나 대개의 사람들은 자신의 사회적 위치에 따라 편향을 갖고 힘이나 외부 압력에 의해 진실과 무관한 이야기를 하게 될 때도 있기에, 누군가 위에서 말한 바와 같은 역할을 해주고 있다면 그는 다른 무엇인

동시에 시인일 수도 있습니다. 순수한 입장에서 삶의 진실을 밝혀 줄 수 있는 사람은 많지 않습니다. 저 높은 꼭대기에서 자기와 무관한 세상에 대해 추정하는 방식이 아니라 그 삶의 한가운데에 있는 평범한 개인으로서 진실을 밝히는 사람은 더더욱 말입니다. 세상이 시인을 필요로 한다면 아마도 이러한 사정에서일 것이며 시인들이 사회적으로 맡아주어야 할 책임이 있다면 바로 이러한 맥락 속에 있다고 할 것입니다.

5. 시집을 고르는 요령

시집을 고르는 요령에는 무엇이 있을까요? 세상에 나와 있는 모든 시들을 읽기란 불가능한 일일 것이니, 우리는 필연적으로 어떤 시집을 더 선택적으로 읽을 수밖에 없을 것입니다. 그래서 이왕이면 읽어서 좀 더 보람을 느끼게 되고, 시에 대해서 긍정적인 생각을 가질 수 있도록 해주는 시집을 바라게 될 수도 있습니다. 시집을 고르는 안목이 높아지게 되면 결과적으로 자신의 시를 보는 눈도 높아질 수 있으니, 시집을 고른다는 것은 단순히 독자로서의 일만은 아닐 것입니다.

시집은 우선 '대형출판사'에서 나오는 시집과 '중소출판사' 혹은 '독립출판사'에서 나오는 시집들로 구분할 수 있습니다. 대형출판사는 우리가 문학하면 떠올리거나 반복적으로 접하게 될 수밖에 없는 몇 개의 주요 문학출판사들입니다. 대개 유명 시인들이나 실력을 충분히 검증받은 시인들이 시집을 내는 곳입니다. 물론 그렇다고 대형출판사에서 시집을 낸 시인들만이 우리가 읽어야 할 시인들인 것은 아닙니다. 자리란 항상 한정적인 것이고 출판사마다 출간되는 시집에는 경향이라는 것이 있으며, 작가의 신념이나 가치에 따라 굳이 대형출판사를 택하지 않을 수도 있습니다. 때론 문단 내 권력과도 상관관계가 있을 수 있으니 모든 좋은 시인의 작품이 이곳에서 비롯된다고 말할 수는 없습니다. 다만 확실한 것은, 시의 표준적인 형태나 현재 시단의 중심 맥락 같은 것은 이들 출판사들의 시집을 통해 참고할 수 있다는 점이겠습니다.

다음으로 중소출판사에는, 역사가 있는 주요 문학 출판사이지만 출판사 규모만 작은 곳도 있고, 시단의 중심 경향에 거부하거나 반대하는 문인들이 만든 곳도 있으며, 대중성보다는 학술적 전문성을 추구하는 곳, 그리고 산발적으로 시인이나 준 시인들에게 자기 목소리를 낼 기회를 펼쳐주는 곳 등이 있다고 하겠습니다. 규모가 작다고 하면 혹시나 좋은 시집이 별로 없을까봐 우려하는 분들이 있을지 모르지만, 중소라는 규모는 시집의 질을 판가름해주는 요소가 아니라 시집의 폭을 이야기해주는 요소라고 보아야 합니다. 시단의 표준적인 형태에서 벗어나 좀 더 자기 취향에 맞는 시집을 찾는 데는 이들 출판사의 시집들을 참고하는 것이 필요할 수 있습니다. 때론 가볍거나 평범한 시집들을 보게 될 수도 있지만, 반대로 더 문학적이고 전문적인 시집이나 시에 관한 논의들을 발견하게 될 수도 있기 때문입니다. 어떤 경우이든 시에 대한 좁은 틀이나 편견을 벗어던지는 데는 많은 도움이 되어줄 것입니다.

그리고 독립출판사에서 나오는 시집의 경우는 시장이라는 눈치에서 비교적 자유로운, 특정한 지향성을 추구하거나 도전적 가치를 보여주는 시집들이 있을 수 있습니다. 출판사라는 것은 기업의 하나이기 때문에 상업성이나 시장성이 불확실한 것들은 출판하지 않습니다. 그러나 시장을 염두에 두는 만큼 표현에는 제약이 생기기 때문에 시인들도 정말 하고 싶었던 이야기나 새롭고 취향에 맞는 이야기는 하지 못할 수도 있습니다. 또한 등단이라는 관문을 통과한 사람만이 시집을 낼 수 있기 때문에 표현될 기회를 얻지 못하고 사장되는 개인의 목소리 또한 적지 않습니다. 주류의 관심사에는 맞지 않을 수 있지만, 등단이나 문학상 이외의 방향에서 시가 가지는 의미와 가치를 참고 하는 데는 독립출판사가 도움이 될 수 있는 것입니다.

그러면 이번에는 출판사별이 아니라 시집별로 자신에게 맞는 시집을 고르는 요령에 대해 이야기해보도록 하겠습니다. 시집별로는 먼저, '유명 시인'의 시집과 비교적 '무명 시인'의 시집을 구분할 수 있습니다. 당연한 이야기지만 유명하다와 유명하지 않다로 시의 수준을 가늠할 수는 없습니다. 이슈를 가져온 적이 있느냐, 대중과 크게 소통될 만한 여지가 있었느냐 등이 유명함의 주요 포인트일 것입니다. 무엇보다 유명 시인의 시집일수록 그와 관련 자료나 해설, 의견 등이 많을 수 있으므로 시 자체뿐만 아니라 그 외의 것들까지 함께 연관해서 알고 싶다면 유명 시인의 시집이 좋을 수 있습니다. 반대로 대세가 아닌 목소리에는 어떤 것들이 있는지 참고하거나, 좀 더 개인적으로 와 닿는 시집을 발견하고자 할 때는 무명 시인들의 시집이 좋을 수 있겠습니다.

그리고 '기성 시인'과 '신인'의 시집을 나눌 수 있는데, 기성 시인의 시집은 전통적으로 쓰여 왔던 시들의 정서와 형태를 발견하는 데 좋습니다. 변형이나 혁신이 있다고 해도 이미 논의가 많이 되어 비교적 안정적인 모습일 수 있습니다. 삶에 대해 원숙한 정서나 배울 점 등을 찾는 데는 기성 시인의 작품들이 더 좋을 수 있습니다. 반대로 세련된 감수성이나 변화하는 시대 정서 등을 느끼는 데에는 신인들의 작품이 좋을 수 있습니다. 물론 신인이라고 하여 젊고 진취적인 시인만 있는 것은 아니지만, 신인이라는 것이 기성 시인과는 다른 점이 있을 때에야 등장 가능하기 때문에, 적어도 기성 작품들과는 다른 문제의식을 갖고 있을 확률이 높습니다.

물론 출판사가 어떻고 유명한 시인이 누구고 기성 시인과 신인은 뭔지 모르겠는 때도 있을 것입니다. 아무것도 구분이 되지 않을 때는 어떤 시집이든 일단 골라서 읽기 시작하면 그 다음부터는 서서히 윤곽이 잡히기 시작할 것입니다. 직관적으로 시집을 고를 때는 무엇보다 제목을 참고할 수 있습니다. 시집의 전체 제목도 보고 각 시편들의 제목도 훑어보면 대략적으로 그려지는 시집의 분위기가 있을 것입니다. 시는 주관적인 정서 전달의 장르이지 객관적인 정보 전달 매체가 아니기 때문에 고르면 안 될 시집이라는 것은 특별히 없습니다. 적어도 5편 정도는 무작위로 훑어보고 자신이 기대한 만족감을 느낄 수 있을 것 같은지 아닌지를 가늠해보고 고르시면 되겠습니다. 한 가지 유의할 점은, 시집은 단순히 감성적인 글을 모아 놓은 책은 아니라는 점입니다. 그런 시집은 거의 없기는 하지만, 얕은 수로 마음을 움직이려는 시들은 내면을 위로해주기보다는 오히려 허전함이나 허무함을 느끼게 할 수도 있겠습니다.

이러한 기준 외에도 '외국 시집'과 '국내 시집'을, '수상 시집'과 '일반 시집' 등을 구분해볼 수 있습니다. 아마 시집을 읽는 분들 중에 외국 시집을 읽는 분들은 많지 않을 것입니다. 번역을 하면서 표현의 절묘함이 사라지는 경우도 있고, 정서의 차이는 둘째치더라도 국내의 주요 경향과 다른 표현 방식으로 인해 그 의미의 가치를 못 느끼시는 경우도 있을 것이기 때문입니다. 그러나 시의 본질을 더 폭 넓은 관점에서 이해하는 데에는 해외 시인들의 시가 도움이 될 수 있습니다. 국내에서 유행하는 시풍에 갇혀 시에 대한 관점이 편협해지는 것을 막아줄 수 있습니다. 그렇다고 셰익스피어의 시를 읽으라는 의미는 아니겠습니다. 또한 교훈적인 목적으로 읽히는 그런 잠언시들을 권하는 것도 아니겠습니다. 국내의 시집들처럼 평범한 개인에 의해 쓰인 동시대 외국 시집을 읽어보는 것에 대한 이야기겠습니다.

그리고 특별히 문학상을 염두에 두지 않고 있다면 수상 시집에 연연할 필요는 없겠습니다. 수상 시집은 표준적이거나 모범적인 시, 혹은 선진적인 시의 모습을 보여줄 수는 있으나, 시에 전문하고자 하는 의향이 없으면 읽기가 어려울 수 있습니다. 또한 수상시집은 한 개인의 시보다는 여러 개인의 수상작을 모아 놓은 경우가 많으므로, 어떤 개인의 깊은 내면까지 이해하는 데는 수월하지 못할 수 있습니다. 말하자면 수상작품집은 특별한 날을 단편적으로 담은 것이고, 일반 시집은 평상시의 모습을 장편적으로 담은 것이라고 할 것입니다. 시집에서 얻고자 하는 바에 따라 어느 것을 선택할 수 있을 뿐, 무엇이 다른 것보다 나은 시를 담고 있다고 할 수는 없겠습니다.

- 시 쓰기 지침 -

1. 작품의 최소 요건

우리가 사람을 만나서 어떤 일상의 이야기를 들으면 '이야기'를 들었다고 하지 '소설'을 감상했다고 하지 않습니다. 길을 지나다 아무리 듣기 좋은 새 소리며 물소리를 들어도 '소리'를 들었다고 하지 '노래'를 들었다고 하지 않습니다. 화폭에 물감을 칠했다고 그것이 바로 그림이 되는 것은 아닌 것처럼, 시 또한 읊는다고 해서 모두 시가 되지는 않을 것입니다.

어떤 것이 작품이 되려면 작품이라는 의도적인 틀 안에서 구성요소들이 담겨야 합니다. 이야기로 소설을 만들 수는 있지만 이야기 자체는 소설이 아니고, 물소리도 음악이 될 순 있지만 그것이 음악 자체는 아닙니다. 작품이란 형식을 갖춘 인위적인 직조물인 셈인데, 그렇다고 구성만으로 작품을 이룰 수 있는 것은 또 아닙니다. 가령 물소리에 규칙을 입히면 그것은 당장에 음악이 되는 것이 아니라 일단은 규칙이 있는 물소리가 될 뿐입니다. 배우들의 연기를 촬영해서 장면들을 이어 붙여도 아직은 드라마나 영화가 아니라 움직이는 장면들에 불과한 것처럼 말입니다. '작품'이라고 불리는 것들은 형식 이외의 근본 요소를 더 포함하고 있는 것입니다.

작가들이 어떤 대상에 어째서 형식을 부여하는가를 생각해볼 필요가 있습니다. 가령 소설가는 타인의 이야기에서 소설을 이끌어내기도 하지만 모든 이야기를 다 소설로 만들어내지는 않습니다. 소설가가 소설로 만드는 이야기는 수많은 이야기들 중에서도 자신이 이미 탐구하고 있던 주제의 하나였거나 앞으로 더 생각하고 탐구해보고 싶은 이야기입니다. 소설가는 소설이라는 수단을 통해서 인간이나 세상에 대한 탐구를 시행하고 거기서 자신의 물음이나 답을 찾고 표현해내는 사람이지, 단순히 이야기를 구성하는 사람이 아닌 것입니다.

작품을 보면 그 작가가 가지고 있는 세계관과 가치관과 인간관 등이 모두 드러납니다. 그가 탐구한 세계의 모습이 작품에 고스란히 반영되기 때문입니다. 그런데 세계에 대해 탐구한다는 것은 이 세계가 어딘가 불완전하다는 것을 인지했기 때문입니다. 이미 존재하는 세상의 모든 것이 만족스럽고 어느 하나에도 호기심이나 궁금증이 생기지 않는 사람은 작품을 만들지 못합니다. 표현하고자 애쓰고픈 것이 없거나 표현하고자 하는 것이 이미 세상에 다 존재하는 사람들은 작품의 동기를 찾지 못합니다. 분명 무언가 존재하는데 그것의 의미나 존재에 대해서 표현해주는 것이 세상에 없을 때 작품은 써지는 것입니다.

시인이 시를 쓰게 되는 동기도 그러합니다. 삶 속에서 자신이 느끼고 표현하고픈 것이 있는데 세상에는 그것을 적절하게 드러내줄 만한 것이 마땅히 없는 것입니다. 그것이 단지 가벼운 욕구나 사적이기만 한 욕망이었다면 다른 방법으로도 해소되었겠지만, 마땅히 다른 것으로 해소시킬 수가 없고 참으면 계속 불편해지는 것들이 시로 표현되는 것입니다. 그러한 것들은 개인에게서 나오기는 했어도 결국 그 시인을 통해서 이야기될 수 있는 인간 혹은 세상의 한 조각인 경우가 많습니다.

작품이란 이렇듯 심층을 전제한 것들입니다. 작품이 가진 형식은 그 심층으로 가는 '문'인 셈입니다. 표현하고픈 심층의 가치나 성격에 따라서 문을 장식하고 구성하는 방법은 달라질 수 있습니다. 또 그 문이 어떻게 이루어졌느냐에 따라서 심층으로 잘 이어질 수도 있고 어설피 이어질 수도 있습니다. 그러나 문이 곧 심층을 만들어내지는 못합니다.

인간이나 세상에 대해 탐구하고자 일부러 애쓸 필요는 없습니다. 그것은 의도한다고 이루어지고 의도하지 않는다고 이루어지지 않는 것이 아니기 때문입니다. 자신의 삶과 가치관에 근거해서 살아가다 보면 자연히 어떤 것에 대해서 특별히 더 가치 있다고 느끼게 될 수 있는데, 그것들이 바로 자신이 작품으로 지어낼 수 있는 심층이기 쉽습니다.

그러한 심층의 영역이 깊으면 깊을수록 좋은 작품일 확률은 높아지지만, 그 심층의 깊이를 꼭 깊은 곳까지 파고 들어가야 하는 의무는 없습니다. 심층이란 깊이뿐만 아니라 그 성질이나 위치에 따라서도 의미가 달라지기 때문입니다. 작품은 의도적으로 구성할 수 있지만 명작은 의도적으로 구성할 수는 없는 셈입니다. 그러니 심층의 깊이가 얼마큼이든 존재하기만 한다면 기꺼이 문을 만드는데 노력해 봐도 좋은 것입니다.

심층을 잘 갖추고 있는 작품은 그 작품이 나중에 훼손되고 망가지더라도 문이 파괴될 뿐 심층이 사라지지는 않을 것입니다. 이왕 작품을 만들고자 한다면 태풍 한 번에 흔적 없이 사라지는 가설 건축물 같은 것보다는 무너지더라도 그 터를 분명하게 남기는 견고한 집을 짓고자 하는 것이 나을 것입니다. 그것이 힘은 더 들지라도 작품을 만드는 동안에도 의미를 느끼고 작품이 내 손을 떠났을 때도 효용을 체감할 수 있는 방법일 것이기 때문입니다.

2. 시적 형식의 중요성

시의 내용이 더 중요할까요, 형식이 더 중요할까요. 이와 같은 물음은 창작하는 일에서뿐만 아니라 일상 다양한 업무 속에서도 가질 수 있는 물음일 것입니다. 구슬이 서 말이라도 꿰어야 보배라는 말이 있듯이, 아마 내용보다는 형식이 더 중요한 경우가 의외로 많았다는 것을 돌아보실 수 있으실 것입니다.

형식을 중요시하는 건 표면적이고 진정성이 모자란 일이라 생각될지도 모릅니다. 그러나 형식을 중요시한다는 것은 표면을 꾸민다는 말이 아니라 적절한 틀과 구조를 활용한다는 뜻입니다. 국은 국그릇에 담아야 넉넉히 먹기 좋게 담을 수 있고 밥은 밥그릇에 담아야 밥알이 쉬 마르지 않을 것입니다. 서로 뒤바꾸어도 탈이 되지는 않겠지만 맛이나 느낌이 달라지고 더 적절할 수 있는 여지를 남기게 될 것입니다.

형식은 내용이 가진 가능성이 잘 발휘되도록 돕습니다. 내용은 형식을 만나야만 그 가치를 드러낼 수 있습니다. 내용과 형식은 대립하는 관계가 아니라 상호 보완적인 관계입니다. 그 둘의 관계를 적절하게 맺어주지 못했을 때 전달에는 오해가 생기고 내용은 무시를 받게 되곤 합니다. 우리가 같은 이야기를 해도 문자로 하는 것과 전화로 하는 것, 그리고 직접 만나서 하는 것을 각기 다른 의미로 받아들이는 것과 같은 맥락입니다.

시에서 시적 형식을 잘 갖추어야 하는 까닭은, 단적으로 말해 시 속에 담은 진심이 훼손되지 않도록 하기 위해서입니다. 시를 비롯해 예술을 하는 사람들 중에는, 표현하고 있는 내용에 아무리 진정성이 있어도 형식이 부족하면 보잘 것 없는 것으로 취급하는 사람들이 있습니다. 예술인으로서의 자세가 잘 갖추어진 사람들은 그러지 않지만, 그렇지 못한 사람들은 형식에서 먼저 어설픈 작품들은 내용을 접근해보려고 하지도 않는다는 것입니다.

시를 많이 읽어본 사람은 사람의 마음에서 나올 수 있는 내용이란 어떤 것들이 있을 수 있는지에 대해 잘 알고 있습니다. 그래서 시를 쓴 사람으로서는 오로지 자신 안에서 비롯된 진심을 전하고 있다고 생각할지라도, 그것을 보는 사람으로서는 이미 다른 사람의 시로부터 느껴보았던 메시지와 별다른 차이를 느끼지 못해 감동을 받지 못할 수도 있습니다. 이들의 굳어져버린 관습적 감각을 깨우거나 혹은 부수는 데는, 아무리 새로워지려고 해도 '인간'이라는 공통성에서 달라질 수가 없는 내용을 더 갈고닦는 것보다는, 관습적인 이해에 사로잡히지 않는 방법적인 새로움을 모색하는 것이 더 효과적일 수 있습니다.

소수의 전문가들만이 그런 관습적 태도를 갖는 것은 아닙니다. 삶의 경험이 누적되고 정보 접근이 용이해질수록 우리는 인간에 대해 더 많은 이해를 갖게 됩니다. 그러면 자연히 우리는 어떤 삶의 이야기가 이야기 자체로 다른 것보다 더 가치 있다고 여기기 어려워진다는 것을 체감하게 됩니다. 가령 A의 사랑 이야기와 B의 사랑 이야기 중 그 둘이 모두 진심을 다한 사랑의 이야기라면 어디에 더 마음이 끌릴지는 내용적 취향이나 이야기의 방법적인 측면에서 좌우될 수밖에 없게 되는 것입니다.

내용은 분명 중요한 요소이지만 그것 자체만으로 감동을 받는 일은 아직 순수한 시절에 한정될 수밖에 없는 셈입니다. 사랑의 경험이 없는 사람으로서는 사랑이라는 것 자체로 감흥을 받지만, 사랑의 경험이 많은 사람으로서는 '어떤' 사랑이냐에 따라 감흥을 달리 느끼는 것처럼 말입니다. 그런 것을 따질 수 있을 무렵에는, 과연 이것은 사랑이었는가, 사랑이 아니라면 무엇이었는가 하면서 '명명하는 방식', 즉 형식에 의문을 던져보게 될 것입니다.

시가 언어를 갈고닦는 데 몰두하는 까닭은 여기에 있습니다. 사실 내용이라는 것도 다 같은 내용이란 존재할 수는 없습니다. 단지 그것을 이르는 말이 같을 수 있을 뿐입니다. 우리는 어떤 글에서 '사랑'이라는 말을 보게 되면 꽤 진부하다는 인상을 먼저 받곤 하지만, 사실 그 글에서 이야기하는 '사랑'은 내가 아는 '사랑'이 아니기 쉽습니다. 하지만 표현하는 방법에서 이미 '사랑'이라고 적어버렸기에 그 단어를 둘러싸고 있는 수많은 편견과 고정관념의 개입을 피할 수 없게 되는 것입니다. 따라서 어떤 진심이 그 자체로 전달되기 위해서는 그것만을 위한 새로운 표현이 고안되어야 하는 것입니다. 또한 시어를 고르는 일이란 단지 글자를 바꾸는 일이 아니라 그 내용이 가진 세계 자체를 바꾸는 일이 되는 셈입니다.

단순히 장식이나 꾸밈을 위해서 시의 형식을 고민하는 시인은 없을 것입니다. 연극에서도 주인공에게 더 좋은 옷을 입히고 조명을 주는 것은 그 주인공이 조연이나 배경에 가려지지 않고 내용의 중심이 되어 의도한 의미를 더 잘 전달하도록 하기 위함이듯이 말입니다. 형식이란 이처럼 형식 그 자체만을 위해서 고려되는 것이 아니라 내용이 받아들여지는 정황과 배경을 바꾸기 위해 고려되는 것이라고 할 것입니다.

우리가 알고 있다고 여기는 것들의 빈틈을 드러내고 비집어주는 것은 대개 형식입니다. 내용만으로는 기존의 틀을 깨부술 만큼의 힘을 싣기는 어렵기 때문입니다. 다양한 예술 장르가 존재하고 예술가가 다채로울 수 있는 것 또한 그 각각이 드러내주고 비집어낼 수 있는 영역이 다르기 때문입니다. 형식은 단순한 껍데기가 아니라 고유한 세계의 표면인 셈입니다. 형식의 기능을 올바로 이해할 때 내용의 진심은 선입견에서 더 자유로워질 수 있을 것입니다.

3. 다작의 함정과 이점

시를 많이 쓰는 것은 좋은 일일까요? 어떤 영역이든 실력을 향상시키는 가장 좋은 방법은 '많이', 그리고 '자주' 하는 일일 겁니다. 그런데 이러한 법칙이 예술 분야에서도 유효한 이야기일까요?

어떤 사람들은 1일1시라고 하여 하루에 한 편의 시를 써가기도 합니다. 그런데 이러한 경우는 대개 시라기보다는 조각글이나 감상글, 일기의 성격을 띠곤 합니다. 시뿐만 아니라 모든 창작 작품은 어떤 것을 새로 만들어내는 과정을 필요로 하는데, 그 과정은 빠른 시간 안에 반복적으로 이루어질 수 있는 것이 아니기 때문입니다.

1주일에 한 편의 시를 꾸준히만 써내도 다작이라는 말을 붙입니다. 어떤 사람들은 생각보다 적다는 생각을 할지도 모르지만, 미술관에 걸려 있는 그림들이 한 주에 하나씩 완성된다고 생각해보십시오. 꾸준히 시를 내는 시인들도 시집을 보통 3년에 한 권씩 낸다고 합니다. 시집 한 권에 약 60편의 시가 담긴다는 것을 생각하면 한 달에 두 편만 온전히 적어도 3년보다는 빠르게 한 권씩 낼 수 있는 셈입니다.

물론, 마구 솟아나오는 창작 에너지를 억누를 필요는 없습니다. 저 또한 2~3일에 한 편씩 시를 썼던 적이 있었습니다. 1년 반 동안 200여 편의 시가 모였는데, 창작열을 불타오를 나름의 이유가 있었습니다. 삶이 사라지기 전에 최대한 많은 삶의 장면들을 담아내고, 비슷한 순간의 어려움을 겪을 사람들을 위한 작은 선물을 남기고 싶었기 때문이었습니다.

지금은 다시 돌아갈 수 없는 그 다작의 시기를 겪고, 다작이 작가에게 어떤 영향을 끼치는가에 대해 생각해볼 수 있었습니다. 그 내용은 크게 장점 세 가지와 단점 세 가지로 정리할 수 있었습니다. 먼저 첫 번째로는, 작가는 다작을 해보는 순간에야 비로소 자기 밑바닥을 확인할 수 있게 된다는 점이었습니다. 이것은 분명 커다란 장점이었습니다. 자기가 가진 특성이 무엇이고 어떤 시각을 가지고 어떠한 주제에 관심을 쏟으며 작품을 하는지, 마치 타인을 읽듯 살필 수 있는 기회는 흔치 않기 때문입니다.

두 번째는 스스로가 왜 작품을 쓰는가에 대해서 생각할 기회를 준다는 점이었습니다. 대개 작품은 어떤 마음이 든 후에 창작으로 이어지곤 합니다. 마치 허기가 져야 밥을 찾게 되고 감격을 해야 눈물이 흐르게 되는 것처럼 말입니다. 하지만 자연스러운 욕망의 절차를 추월해서 창작이 어떤 마음을 먼저 요구하게 되는 순간, 단순히 자기 욕망의 발현이 아닌 '창작'이라는 것을 순수하게 마주하게 됩니다. 반응으로서의 작품 활동에서 사명이나 소명으로서의 창작에 대해 고민해볼 기회가 되는 것입니다.

세 번째로는 여러 편의 작품을 써 놓게 되니 한 편 한 편에 비교적 의연해질 수 있다는 점입니다. 시는 물건 찍듯 만들어낼 수 있는 것이 아니다 보니 시를 쓰는 사람들은 자기 작품에 대해 남다른 애정을 갖게 됩니다. 그래서 그 작품에 대한 타인의 평가에 마음이 크게 왔다 갔다 하고, 한 번 써 놓은 글을 지우기를 두려워하곤 합니다. 그런데 작품을 마구 쏟아내고 보면 하나하나를 애지중지하지 않을 수 있게 됩니다. 작품 '한 편'을 보게 되는 것이 아니라 '작품' 자체를 보게 되고, 그 작품을 만들어내는 '작가 자신'을 보게 되기 때문입니다.

다작의 경험을 통해 자기 작품에 대해 객관적인 눈이 생기고 나면 타인의 평가에 흔들리기보다 자신이 직접 내리는 평가에 더 집중할 수 있게 됩니다. 그러면 자신의 철학과 목표의식을 고수할 수 있게 되고 좀 더 명확한 창작 의식과 동기를 헤아릴 수 있게 됩니다. 다작은 그 작가에게 작가로서의 정체성이 더 확고해질 기회를 주는 셈입니다.

그렇다면 다작이 주는 반대의 영향은 무엇일까요. 첫 번째로는 삶의 불균형을 이야기해볼 수 있습니다. 우리의 삶은 창작으로만 이루어져 있지 않습니다. 지나치게 창작에만 몰두하면 그 시간만큼 다른 소중한 것들을 놓치게 될 수 있습니다. 건강이나 사랑, 우정 같은 것들이 그 예입니다. 어떤 일에든 함몰되는 것은 좋지 않은데, 그것은 창작 행위에서도 마찬가지입니다. 우리는 글 쓰는 '사람'이지 '글 쓰는' 기계는 아니기 때문입니다.

사람으로서의 삶을 유지하지 않으면 글쓰기는 오랫동안 지속되기 어려워지기도 합니다. 제가 짧은 기간에 온 에너지를 쏟았었던 것은 제게 내일이 없을 수 있겠다는 생각 때문이었습니다. 만약 내일이 있음을 알고 있다면 돌아오기 어려울 만큼 시를 쓰는 행위는 자제하는 것이 좋습니다. 어떠한 면으로든 후유증을 남기기 때문입니다. 심연을 탐험하는 것은 멋진 일이지만 그 속에 묻혀버리는 것은 비극입니다.

그리고 두 번째는, 가장 중요한 부분인데, 다작을 한다고 실력이 상승하는 것은 아니라는 점입니다. 단기간에 많은 작품을 내면 비슷한 수준의 작품만 대량으로 찍어내는 결과만 낳을 수 있습니다. 자신의 작품이 반복되는 것을 느꼈을 때는 잠시 숙고의 시간을 갖는 것이 필요합니다. 그때 잠시 멈추고 숙고하면 실력 상승의 기회를 얻게 되지만, 멈추지 않고 반복하면 창작을 가장한 노동으로 변질되어 정신력만 소진시킬 수 있습니다. 맹목적인 반복은 창작에 도움을 주지 못합니다. 고민 없는 행동은 근육은 발달시킬 수 있어도 통찰력을 길러주지는 못하기 때문입니다. 다작을 하더라도 반드시 충분한 숙고와 판단의 시간을 갖춰야 하는 것입니다.

마지막 세 번째로는 시간 낭비를 하게 될 수 있다는 점입니다. 시에만 과하게 몰두하면, 일상 속에서 자연스럽게 쌓일 수 있었던 지식과 경험, 영감의 기회 등을 놓치게 됩니다. 다작의 첫 순간에는 이미 쌓여 있던 시상들이 터져 나오는 것이니 무방하겠지만, 쌓여 있던 시상이 고갈되면 새로운 시상을 의도적으로 계획할 수밖에 없게 됩니다. 그런데 시상이란 작물과 같습니다. 어느 날 문득 마주쳤다고 느낄지라도 그것은 이미 오래전부터 자라왔던 것입니다. 아직 맺지 않은 열매를 서두른다고 열매가 맺힐 리는 없으니, 무리하게 다작을 하는 사람은 온 들판을 뒤지며 혹시라도 열려 있을 열매를 찾아나서게 됩니다.

굳이 들이지 않아도 될 힘과 노력, 시간 등을 소모하면서까지 작품 활동을 하는 것은 작가의 수명을 단축시켜버릴 수도 있습니다. 급하게 무리해야 하는 충분한 까닭이 없다면 다작은 지속하지 않는 쪽이 좋을 것입니다. 작품에 몰두해도 무방한 환경에 놓여 있거나 그만큼 왕성한 창의력이 돌고 있거나 혹은 절박한 심정에 처해 있지 않다면 다작을 하는 것에는 약간의 주의가 필요한 일이라고 하겠습니다.

4. 중학생을 위한 시 쓰기 지침

중학생이라는 나이는 두뇌발달 상으로 지성이라는 것이 본격적으로 시작되는 나이입니다. 단순한 감각이나 직관을 넘어서 추상적인 '언어 기호'를 체계적으로 활용할 수 있게 되는 시기입니다. 그런 반면 아직 경험이 적고 가진 정보량이 많지 않아서 상대적으로 순수하고 솔직한 시를 쓰게 되는 시기입니다.

중학생 시기의 특징은 바로 그런 순수함입니다. 순수함은 예술에서 커다란 강점으로 작용합니다. 어설픈 지식의 개입만큼 예술을 엉성하게 만드는 것은 없기 때문입니다. 지식은 대체로 대상을 쪼개었다가 나중에 다시 합치는 방식으로 이루어지는데, 어설피 배운 것은 큰 것을 쪼개 놓기만 할 뿐 온전한 모습으로 합치지는 못합니다. 중학교 시기의 학생들은 큰 것을 쪼개기에는 아직 무리가 있기에 파편적인 작품을 만들게 되기보다는 저절로 보이는 만큼의 온전한 작품을 만들게 되기 쉽습니다. 그렇게 쓰인 시는 순진한 작품으로 보일 수는 있어도 못한 작품이 되지는 않습니다.

가령 고등학교 시기에는 세상에 대해 한두 가지는 알게 되지만 나머지도 그와 같다고 단정 지을 위험을 갖게 됩니다. 대학생 시기에는 객관적으로 무엇 하나에도 정통하기엔 모자라지만 모든 것을 안다고 생각해 정체성 없는 혼잡한 모양만을 취할 위험을 갖습니다. 또한 초등학생 시기도 순수함을 특징으로 할 수는 있지만, 중학생 시기와 비교하면 인지의 체계성에서 조금 차이가 있다고 할 것입니다. 중요한 통찰을 이루더라도 그 내면이나 구조에 대해서까지 호기심을 갖기보다는 우연하고 단발적인 표현에서 그칠 가능성이 있는 것입니다.

중학생 시기는 감상이 풍부해지는 시기이기도 합니다. 성인이 되면 메마를 수 있는 감수성이 넘쳐흐릅니다. 시를 쓰겠다는 마음만 가지고 있으면 금방 그 감수성을 시로 끌어올 수 있습니다. 감상적이고 서툰 시를 쓰게 되기도 하겠지만 그것들을 교정해주는 게 급하지는 않습니다. 왕성한 에너지가 시의 길을 여느냐 마느냐가 더 중요한 일이기 때문입니다.

이러한 시기 시의 지도는 나이와 정서에 맞는 시를 많이 읽히며 형식을 자연스럽게 습득할 수 있도록 하는 정도가 무난할 것입니다. 너무 '시'라는 장르를 인식시키면 쉽게 질리거나 부담감이 생겨서 시를 읽고 쓰고 싶어 하지 않게 될 수 있습니다. 시를 어렵고 전문적인 일이 아닌 일상의 자연스러운 일로 여길 수 있도록 해주는 것이 좋습니다.

시의 주제나 내용도 특정한 것에 한정하지 않고 학생이 마음속에서 느껴지는 생각을 검열 없이 자유롭게 쓸 수 있게 하는 것이 좋습니다. 중학생 무렵에 상 받은 작품들을 보면 가족적이거나 윤리적인 내용인 경우가 많은데, 시는 학생을 모범생으로 만들기 위한 도구가 아닙니다. 모범적인 시를 유도하면 아이들은 입이 막히고 거짓을 꾸며내게 될 수 있습니다. 당장의 시가 이상한 주제에 몰두해 있다고 생각되어도 걱정할 필요는 없습니다. 인간적으로 잘못된 수준이 아니라면 학생마다 겪어가야 할 정서의 과정으로 받아들여도 무방합니다.

시는 자기표현 행위입니다. 중학생에게 자기표현이라고 할 것이 얼마나 있겠느냐 할 수도 있겠지만, 서투르고 가볍게 보여도 나름 표현하고픈 것들로 가득한 시기입니다. 스스로 그 안에서 질서와 정도를 찾아갈 수 있도록 기다려주거나 간접적으로 지도해주는 것이 좋습니다. 학생의 입장에서도 선생님이나 어른들에게 칭찬받으려고 시를 쓰기보다 자기 안에 고여 있는 말들을 꺼내기 위해 쓰는 것이 좋겠습니다.

5. 고등학생을 위한 시 쓰기 지침

고등학교 시기는 개성과 격차가 두드러지는 시기입니다. 글에서 나타나는 정체성이나 분위기 등은 이 시기에 많은 부분 결정됩니다. 저 또한 이 시기에 글의 정체성이 큰 부분 확립되었음을 돌아보게 됩니다. 실제로 성격 형성은 20세 무렵이면 완성되는데, 이후에는 바꾸려 해도 바뀌지 않는다는 것은 과학적 사실이기도 합니다. 한 사람의 성격이 곧 글의 정체성을 나타내는 것은 아니지만 많은 부분 연관을 갖는다는 것은 부인할 수 없을 것입니다. 따라서 건강하고 성장 가능한 시적 자아를 확립해두는 것이 중요한 시기라 할 것입니다.

시기가 시기인 만큼 이 무렵에는 다른 시 창작자들과 많은 비교가 이루어집니다. 준성인기로서 경쟁이 본격화되고 능력발휘와 인재선발이 주요한 화두가 되기 때문입니다. 그러나 어떤 학생은 문학적 성장이 유리한 환경에서 자랐을 것이고 어떤 학생은 그렇지 못한 환경에서 자랐을 것입니다. 고등학교까지는 환경적 요인에 의해 일방적으로 좌우되는 영역이 자율성에 의해 조정할 수 있는 영역보다 큽니다. 따라서 당장의 따라잡을 수 없어 보이는 격차를 보고 심리적으로 위축되거나 스스로 시에 재능이 없다며 좌절하는 학생들이 발생할 수 있습니다.

이 시기의 학생들은 다음과 같은 사실을 염두에 둘 필요가 있습니다. 개인마다 출발점이 다르기 때문에 서로의 격차는 불가피한 현상이며, 그렇다고 이것이 최후의 글까지 판가름하지는 않는다는 것을 말입니다. 성인기 이후에는 결국 그 사람이 가지고 있는 사명과 목표의식이 그 사람이 쓰는 글의 크기와 가치를 좌우합니다. 지금의 실력은 주어진 조건일 뿐 앞으로 만들어갈 글의 크기는 아닌 것입니다.

그리고 '격차'라는 말은 때로 '개성'이라는 말을 의미해주기도 합니다. 단순히 누가 더 잘하고 못하고의 정도에 따른 차이가 아니라, 서로 다른 것들을 다른 방식으로 다루어 가면서 생기는 차이이기도 한 것입니다. 그러므로 시간이 지나면 자연히 연마될 실력에 대해 고민하기보다도, 내가 지향하는 지점과 다른 친구가 지향하는 지점이 어떻게 왜 다른지에 대해서 생각해보는 것이 좋습니다. 다양한 시들을 접하면서 우열이 아니라 서로의 다름에 집중해보면서 스스로의 정체성을 더 선명하게 발견해내는 것이 이 시기에 해야 할 일입니다.

일찍이 옳고 그름의 잣대에 너무 집중하게 되면 고지식한 틀에 갇혀 나중에 골머리를 앓을 수 있습니다. 닫히려고 하는 마음을 최대한 열어둘 수 있도록 노력하는 것이 좋습니다. 고집과 뚜렷한 잣대가 있는 것은 분명 좋은 일입니다. 어떤 문제를 성숙하고 날카롭게 다루기 위해서는 뚜렷한 기준이 필요할 것입니다. 다만 그 신념을 더 큰 것으로 키우기 위해서 아직 유보해보는 습관이 필요한 것입니다.

내가 생각하고 있는 것이 정말 내가 생각한 것인지, 혹시 남의 말을 따라하고 있는 건 아닌지 살펴보는 것도 중요합니다. 고등학교 시기는 수많은 정보를 일방적으로 받아들여야 하는 입장이기 때문에 자신이 직접 발견하고 소화해낸 지식은 많지 않을 시기입니다. 그런 것을 모르고 남의 생각 남의 말을 무심코 활용하게 되면 시가 점점 피상적으로 변할 수 있으니 유의하는 것이 좋습니다.

아직 어린 나이라는 것을 인지하고 스스로에게 너무 엄격하게 굴지 않는 것도 필요하겠습니다. 무얼 해도 부족하고 어설프다는 것을 당연한 사실로 받아들이는 게 좋습니다. 너무 큰 기대에 무너져 흔들리게 되면 시적 자아에게 큰 상처를 남길 수 있습니다. 특별히 무언가를 성취해낸다는 생각보다도 다양한 것들을 시도해본다는 생각을 갖고 임하는 것이 좋습니다. 시든 무엇이든 잠깐 쓰고 말 것이 아니라면 우선은 안전하고 건강하게 성인기로 진입해야 할 것입니다.

6. 대학생 무렵을 위한 글쓰기 지침

대학생 무렵의 시 쓰기는 우선 다음과 같은 사항에 따라 구분될 수 있습니다. 대학을 진학 했는가 안 했는가, 대학을 진학했다면 과가 글쓰기와 관계가 있는가 없는가. 글쓰기와 관계가 있는 대학에 진학을 한 상태인 것이 다른 경우보다는 상식적으로 글의 성장에 유리한 환경이긴 할 것입니다. 그러나 문학이라는 분야가, 그중에서도 시라는 분야가 학과 영향을 그렇게 많이 받는다고 보기는 어렵습니다. 또, 대학이라는 공간이 글쓰기의 큰 부분을 좌우한다고 보기도 어렵습니다.

대학생 무렵은 성인기이고 성인은 주체적인 선택권을 가지고 자신의 학습 방향을 계획할 수 있습니다. 시는 학교에서 배우지 않아도 사회 공간 속에서 충분히 찾아 배울 수 있습니다. 학교에서 배우는 입장이라도 자신의 의지에 따라 능동적으로 습득해나가지 않으면 남는 것이 별로 없을 수도 있습니다. 어느 환경에 처해 있든 자신이 필요로 하는 것을 줄 수 있는 공간과 사람을 찾아나서는 것은 주체의 몫입니다.

그러나 한편 문학도 갈수록 고도화되고 있는 문화 영역 중의 하나입니다. 평균적으로 모두 높아져 있는 문학적 수준 속에서 혼자만의 감으로 모든 것을 헤쳐 나가기는 어려울 것입니다. 따라서 시론이나 비평 등 문학 전공에 해당하는 영역의 공부를 경시하지 않는 것이 좋습니다. 시론에 묶여 있는 것은 문제가 되지만, 문학의 심층적인 차원을 이해하기 위해서는 이론들을 접해볼 필요가 있습니다.

어떠한 환경에 처해 있든 이제는 학교 단위에서 자신의 글이 공개되는 것이 아니라 사회 공간까지 자신의 글이 퍼져갈 수 있음을 유의해야 합니다. 내가 쓴 글이 어디에 있는 누군가에게 어떤 영향을 줄지 모르는 시기입니다. 글을 쓰는 일에서 책임감이 필요한 것입니다. 내가 이 시기에 쓴 글 하나의 경험이 앞으로의 글쓰기 생활을 좋은 쪽으로든 나쁜 쪽으로든 좌우할 수도 있음을 기억해야 합니다.

아무런 영향이 없을 만한 글들은 조금씩 지양해야 합니다. 선생님이나 심사자의 마음에만 들면 끝나던 학창시절의 글쓰기는 앞으로는 더 없을 것입니다. 주변의 사람들 또한 바쁜 사회인들이 되면서 자신에게 필요한 것과 필요하지 않은 것을 더 철저하게 가려내기 시작할 것입니다. 그런 세상 속에서 유효할 수 있는 글쓰기를 고민해야 합니다.

어떤 글이 아무리 자신을 위해서 쓴다고 할지라도 책장 속에 넣어 두고 자기 혼자만의 만족으로 끝내려고 글을 쓰는 사람은 없을 것입니다. 일기를 쓰는 대신에 작품을 쓴다는 것은 소통이나 공유를 전제로 한다는 것입니다. 스스로 좌절하지 않고 글쓰기를 계속 지속해나가기 위해서는 내 글이 세상에 유효할 수 있는 지점을 발굴해내야 합니다. 세상에 유효하다는 것은 가치가 있다는 것이고 가치를 만들어낸다는 것은 내가 정말 '창작자'가 되었다는 것을 의미하기도 합니다.

꼭 많은 사람들에게 유효한 지점을 찾아내야 할 필요는 없습니다. 인기 작가가 되어야 하는 것이 아닙니다. 아주 작은 곳 소수의 사람들에게라도 유효할 수 있으면 됩니다. 유명하고 성공한 작가가 되는 것보다, 세상 어디에선가는 당신을 필요로 하는 그런 창작자가 되도록 목표해야 한다는 것입니다.

시를 대학 수준에서도 다루어 나가겠다는 것은 단순히 취미가 아니라 전문성을 갖추겠다는 의지의 표현일 것입니다. 자신은 이제 문화 콘텐츠의 향유자보다 창작자라는 인식을 분명히 하는 것이 좋습니다. 세상에 내 글이 있을 곳, 혹은 있어야 할 곳을 의식하게 되었을 때 비로소 작가로서의 자질이 갖추어진다고 할 것입니다.

7. 일반 성인을 위한 시 쓰기 지침

여기서 일반 성인은 문학에 조예가 깊지 않은 지극히 평범한 분들을 의미합니다. 교과서 이후로 시를 본 일이 많지 않아 시를 어떻게 읽고 어떻게 써야할지 잘 모르는 분들입니다. 이런 입장에 있는 분들은 시에 대한 오해를 갖고 계시곤 합니다. 대표적으로, 시를 한가로이 풍월을 읊는 일로 생각하시는 것이나 시는 교훈적이어서 무언가를 꼭 가르쳐주어야 한다고 생각하시는 것 등입니다. 여기의 지침은 이러한 생각들을 교정하는 데 초점을 두고 있습니다.

첫 번째 오해에 대하여 우선, 조선시대 양반들이 시 속에서 한가로이 자연을 읊었던 것은 사실입니다. 그러나 현대에 시를 쓰고자 하는 사람 중에는 여유로움 속에서 절로 노래가 나올 수 있는 입장은 많지 않을 것입니다. 삶의 어느 순간에는 풍월을 노래하게 될 때도 있겠지만, 신분 차원에서 삶을 보장받는 소수 양반들의 귀족적 흥취와는 같다고 할 수 없을 것입니다. 시는 언제나 현재의 삶을 기반으로 하는 예술입니다. 지금은 조선시대도 아니고 양반이라는 신분도 존재하지 않으며 그러한 양상이 반복되어야 할 이유도 없습니다. 따라서 시를 쓰기 위해 자기 현재의 삶에 부재하는 귀족적 흥취와 여유를 억지로 만들어 내거나 흉내 내고자 애쓸 까닭이 없다고 할 것입니다.

다음으로, 시는 가르치거나 교훈을 주기 위해 쓰이는 장르가 아닙니다. 독자를 가르치는 일은 시인이 할 수 있는 일이 아니며 시인이 관심 있어 해야 할 일도 아닙니다. 과거에는 글 아는 자가 글 모르는 자를 가르쳤고 선배 학자가 후진을 양성하는 차원에서 가르침의 말을 시로 남겼습니다. 그러나 현대의 작가와 독자 사이의 관계는 아는 자와 모르는 자의 관계가 아닙니다. 시인은 단지 한 명의 인간으로서 자신의 정서에 대해 진솔하게 이야기할 수 있을 뿐이며, 그 성찰의 흔적이 읽는 이로 하여금 자연스럽게 배움과 성찰을 유도할 수 있을 뿐입니다. 시인은 교육자도 정치인도 선지자도 아닙니다. 시인은 누군가에게 직접 행동이나 태도의 변화를 요구하지 않으며 단지 환경에 구애받지 않고 자신의 의사를 표현할 따름입니다.

이외에도, 시는 감정에 취해서 쓰이는 것이라는 생각도 많은 이들의 잘못된 편견 중 하나입니다. 시를 촉발시키는 것은 일정 수준 이상의 감정일 수는 있습니다. 그러나 무엇에든 취한 사람은 제 몸을 가누지 못하고 이해 못할 말을 나열하게 될 뿐입니다. 감정에 젖어야 하는 것은 시인이 아니라 시인이 들고 있는 붓입니다. 시인은 생각보다 냉철한 사람입니다. 스스로 슬픔에 젖어 우는 사람이 아니라 우는 사람의 눈물을 문자로 기록하는 사람입니다. 감정으로부터 일정한 거리를 두고 그 감정이 흘러야 할 곳을 의지와 판단으로 조절할 수 있을 때, 붓은 종이 위로 옮기기에 충분한 먹을 머금고 온전히 시를 써내려갈 수 있게 됩니다.

그리고 시란 말을 꾸미고 장식하는 것이라는 오해에 대해서도, 시에서 쓰이는 다양한 표현법들은 일상어를 피해가고 더 정확하고 분명한 의미를 전달하기 위해서 활용하는 것이지 단순히 말을 장식해 멋진 모양을 이루기 위해서 쓰는 것이 아니라고 하겠습니다. 시는 가장 경제적인 언어형식입니다. 시인은 자신이 전하고자 하는 정서에 대해서만 알맞게 이야기할 뿐입니다. 향신료가 요리를 만들지는 않듯이 시적 표현이 쓰였다고 어떤 글이 시가 되는 것은 아닙니다. 시를 쓰기 위해 집중해야 하는 것은 표면의 장식이 아니라 전하고자 하는 말의 간결함과 또렷함입니다.

또한 시인이 느낀 바를 시에 온전히 담아내야 한다는 생각에 대하여, 시는 설명하는 글이 아니라는 점을 이야기할 수 있습니다. 시인은 말할 수 있는 수많은 것 중에서 표현의도에 가장 알맞은 일부를 취사선택하여 시에 담습니다. 대상의 전체를 이야기하는 것보다는 부분을 통해 전체를 상상하게 하는 것이 시적 전달력이 더 높기 때문입니다. 시인은 개인적 감상을 독자에게 강요하는 사람이 아니고 시인 본인의 감상을 통해서 독자 개개인의 감상 세계가 열리기를 바라는 사람입니다. 따라서 사실관계에 얽매여 모든 걸 표현하려고 공연히 애쓸 까닭은 없겠습니다.

마지막으로, 시는 지금 현재의 내가 쓰는 것입니다. 선례를 좇고 좋은 말을 배워 쓴다고 시가 되지 않습니다. 내 현재의 삶에서 내 입에 맞는 언어로 진솔하게 표현된 것들이 시가 될 수 있을 뿐입니다. 힘을 빼고 부담을 버리세요. 어떤 시늉도 하지 말고 스스로에게 더 진솔해지세요. 그때에 흘러나오는 소리가 진짜 시입니다.

8. 시 창작의 방향

시에는 어떤 내용이든 담길 수가 있습니다. 그러나 아무 내용이나 담기에는 우리가 시를 쓸 수 있는 기회와 시간은 무한하지 않고, 쏟아 부을 수 있는 에너지와 정신 또한 한계가 있습니다. 아주 몰두하여 시만을 위해 살아간다고 할지라도 구분 없이 모든 것을 시로 담으려 하면 하나의 인생으로는 감당이 되지 않을 수도 있습니다. 그렇다면 이왕이면 남길 값어치가 있는 것을 시로 써야 할 텐데, 우리는 어떤 방향에서 그 값어치 있는 것들을 찾을 수 있을까요? 그리고 담았을 때 가장 보람이 있을 시는 어떤 방향의 시일까요?

일단 남을 위해서 시를 쓰는 일은 결코 좋은 방향이 되지 못한다는 점을 이야기할 수 있습니다. 남을 위한다는 것은 넓은 의미로 사회에 이로운 방향에 봉사하는 차원으로 시에 임한다는 것이겠습니다. 그러나 아무리 세상에 필요한 것이 무엇인지 알고 옳은 일이 무엇인지 알더라도, 그것이 나를 위해서가 아니라 남을 위해서 '해주는' 일이 된다면 결국엔 허무감과 회의감으로 귀결될 것입니다. 시인이 사회적인 역할을 해주는 것은 중요한 일이겠지만, 또 우리가 사회와 연관 관계를 지니고 있는 것은 사실이지만, 그 일이 시인 자신의 현실과 별로 무관한 일이라면 시인은 자기만을 희생하게 될 뿐입니다. 그러면 결국 사회에 지속될 가치 또한 만들어내지 못하는 이중의 실패로 끝날 수 있는 것입니다. 진정성이란 이념이나 지향성, 혹은 필요에 의해서만 만들어질 수 없고 오직 자신의 솔직한 현실의 삶에 집중할 때만 생겨날 수 있기 때문입니다.

문학사에 길이길이 남을 만한 작품을 남기기 위해 시를 쓰는 것도 좋은 방법은 아닙니다. 자신의 시를 갈고닦고 시의 최정상을 탐구하는 자세는 분명 존경받아 마땅한 태도이기는 하겠지만, 역사는 타인이 평가해주는 것이지 스스로가 지을 수 있는 것 아니기 때문입니다. 개인이 만들어갈 수 있는 역사는 자기 삶의 역사뿐입니다. 남들과 공유하는 분야에서는 그 분야를 함께하는 다른 사람들의 합의와 평가가 이루어져야만 역사에 남을 수 있게 됩니다. 즉, 어떤 것을 이루어야 문학사에 남을 수 있을지는 개인이 충분히 예측하고 가늠하기도 어려우며, 설령 그것을 이룬다고 할지라도 시를 쓰는 동안이 아니라 시를 쓰고 난 후에 벌어지는 일이기 때문에 시인의 삶과는 무관한 '시의 삶'의 일이라고 할 것입니다. 이것은 마치 자신의 자식을 통해 자신의 인생의 업적을 이루겠다는 것과 같은 일입니다. 주체와 객체가 전도되어서는 안 될 것입니다. 자신의 삶을 지키지 못한 시인은 저절로 역사에서 사양될지 모릅니다.

시를 쓰는 사람이 시에서 추구하기 가장 괜찮은 방향은, 적어도 자신만의 진실을 위해 헌신하는 것입니다. 그것들은 타인의 눈에는 시시해고 평범해 보이는 것일 수도 있습니다. 가령 누군가와 나누었던 마지막 식사 한 끼, 처음으로 손이 맞닿았던 경험, 무심한 듯 건네받았던 위로 한 마디, 이런 것들이 남들에게는 솔깃한 이야기가 될 수 없겠지만, 그 순간에 있었던 당사자에게는 세계여행의 경험이나 유명기업 입사의 순간보다 인상 깊었을 수도 있습니다. 또한 사물들, 가령 유년 시절의 신발주머니에 적혀 있는 어머니가 써주셨던 글씨나 더는 필름을 구할 수 없어 보관만 해두고 있는 필름카메라가 전해주는 감정이, 어떤 이에게는 AI로봇이나 미래형 슈퍼카 같은 것들이 줄 수 있는 감정적 가치보다 더 값어치 있는 것일 수 있습니다.

16세기 조선시대를 살았던 이응태라는 사람의 묘에서 뒤늦게 발견된 편지가 있습니다. 하고 싶은 말이 많았는지 모서리를 돌려 종이 안에 글자를 꽉꽉 채운 그 편지는 아내가 먼저 죽은 남편에게 보내는 편지였습니다. 이른바 '원이엄마 편지'라고도 불리는 그 편지는 절절한 이야기로 많은 사람들에게 감동을 주었을 뿐만 아니라 문학사와 여성사적으로 큰 가치를 남겼습니다. 그런데 생각해보면 받는 이도 읽지 못하고 쓰자마자 무덤에 고이 묻힐 편지였습니다. 그런 편지를 그의 아내는 왜 그리 정성스레 썼을까요? 당연히 다른 무슨 계산이 있어서라기보다 그 순간의 절절한 마음, 자신 안에 가득 차오른 진심의 말을 표현하고 싶어서였을 것입니다. 결국 하나의 진실을 이야기해주는 사료로 남았지만, 당사자는 후에 그것이 사료적 가치를 지니게 될지 어떨지는 알 수 없었을 것입니다.

우리가 시를 쓸 때 어떤 필요나 가치를 계산해서 특정 지점을 공략해야 할 때도 없지는 않을 것입니다. 그것이 시가 줄 수 있는 긍정적 파급력을 생각할 때 나쁜 것만도 아닐 것입니다. 그러나 그러한 '후행 효과'만이 시의 값어치라고 말할 수는 없는 것입니다. '시인에게 붓을 들도록 만든 감정', '시인이 시를 써가는 중간에 느끼는 감정'의 가치가 총체적으로 그 시의 값어치를 판가름합니다. 즉, 시 쓰기의 방향은 아예 맹목적이거나 철저한 계산으로 향하는 것보다는, 쓰지 않으면 안 되겠는 것, 누가 읽든 상관없이 남기지 않으면 안 되겠는 것, 적어도 나 자신은 다시 읽고 싶은 것을 지켜나가는 방향으로 나아가는 것이 좋겠다는 것입니다. 그렇게 쓰인 시들은 시인 스스로와 타인을 동시에 만족시킬 만한 값진 시가 될 것입니다. 진정성에는 사사로움이라는 것이 없어서 개인적일지라도 모두에게 보존될 가치를 지니기 때문입니다.

9. 작품 합평 시의 유의점

작품을 합평한다는 것은 서로가 쓴 작품을 나눠 읽으며 서로의 작품에 대해 비평을 한다는 것입니다. 합평을 통해 작자는 다양한 관점에서 작품에 대한 피드백을 받을 수 있고, 비평자들은 다른 사람들의 감상 방식을 참고하며 작품을 더 넓게 이해하는 법을 익히게 됩니다. 그런데 작품이란 대개 작자가 애지중지하기 마련이고 비평은 또한 쓴 소리를 동반하기 마련입니다. 이 말인즉, 서로에게 이익이 되고자 함께한 합평이 자칫 서로의 감정을 상하게 하고 창작의욕을 꺾어버릴 수 있다는 것입니다. 비평이 아직 서툰 사람들을 위하여 작자와 비평자 각각의 입장에서 유의할 만한 점 세 가지씩을 말씀드리려 합니다.

먼저 작자가 유의할 점 첫 번째는, 창작 의도가 곧 작품이 되지는 않는다는 점을 인지하는 것입니다. 작자로서는 자신이 어떠한 의미들을 의도했는데 그 깊은 뜻은 몰라주고 가혹하게 평가하는 비평자들이 섭섭하게 느껴질 수 있습니다. 그러나 작자가 어떠한 의도를 가지고 작품을 창작했든 독자가 읽는 것은 작품이지 작가의 마음이 아닙니다. 따라서 자신의 의도를 몰라주는 독자가 있다면 이와 같은 표현 방식으로는 의도가 잘 전달되지 않는구나, 이러한 표현 방식으로는 저러한 반응들을 불러 올 수 있구나 하는 방식으로 헤아리면 되겠습니다.

두 번째는, 모든 독자가 나의 작품을 이해할 필요는 없음을 아는 것입니다. 작품은 이미 객관적으로 정해진 것이지만, 그 작품을 감상하는 독자들은 모두 주관적인 존재들입니다. 작품은 그대로여도 각자의 지식이나 배경 가치에 따라서 작품을 다양하게 받아들이기 때문에, 어떤 점들에 대해서는 이해하지 못하거나 오해할 수 있습니다. 아무리 훌륭하고 멋진 작품도 개인의 기호에 따라 좋음과 나쁨이 갈리는 만큼, 한 사람의 반응 하나하나에 너무 큰 의미를 담을 필요는 없다고 할 것입니다. 인간관계에서도 우리가 진심을 다했다는 이유만으로 상대가 그 진심을 알아주지는 않았을 것입니다. 모든 사람을 이해시키려고 하지 말고 그것을 이해하는 사람들이 어떻게 받아들이는지를 더 집중하는 것이 좋겠습니다.

세 번째는, 작품이 내 손에서 떠난 후에는 더 이상 내 것이 아님을 아는 것입니다. 작품이 완성되고 나면 작품이 누구에게 어떻게 읽히든 작자는 이제 간여하지 못합니다. 또한 작품은 작가가 낼 수 있는 수많은 작품 중의 하나이지 작가 그 자체가 아니기 때문에 사람들은 작품에 대해서 마음대로 읽고 평가할 권리와 자유를 갖게 됩니다. 작자는 작품을 자기 자신과 혼동할 필요가 없습니다. 자신의 작품이 나쁜 평을 들으면 자신이 나쁜 평을 듣는 것처럼 느껴질 수 있지만, 사람들은 작품에 대해서 말했을 뿐입니다. 작자와 작품의 관계를 전혀 무관하게 여기기는 어렵겠지만, 합평회에서 가치평가를 들을 만한 행위를 한 것은 작품이지 작가가 아닙니다. 작품을 내는 행위나 태도에 문제가 있다면 그것은 평가받을 만하지만, 작품의 내용이나 형식은 작품이 가지고 있는 것입니다. 작품에서 사람이 죽었다고 작가가 사람을 죽인 게 되지 않듯 말입니다.

다음으로, 작품에 대해서 말하는 비평자가 유의해야 할 점은 다음과 같습니다. 첫 번째, 작품은 내 입맛을 맞추기 위해 쓰이지 않는다는 것을 인지하는 것입니다. 간혹 작품의 객관적인 요소가 아니라 개인적인 기호로 작품을 판단하는 비평자들이 있습니다. 작품에 자신의 가치관이나 생각에 부합하지 않는 부분이 나오면 거부감을 표시하는 것입니다. 그러나 우리가 작품을 읽는 이유는 사람과 세상에 대한 이해를 넓히기 위해서지 이미 알고 있는 것을 재확인하기 위해서가 아닙니다. 세상엔 내가 모르는 세계가 있고 그 세계의 가치가 내가 아는 세계의 가치보다 덜하지 않다는 점을 잊어서는 안 되는 것입니다.

두 번째는, 작품에 대해 존중하는 마음이 있어야 한다는 점입니다. 작품이 볼품없이 쓰였다면 그러한 부분에 대해서는 물론 사실대로 비평해주어야 할 것입니다. 그러나 그 작품의 결과가 볼품없다고 해서 그 작품을 쓰는 과정까지 볼품없었을 거라 생각해서는 곤란합니다. 분명한 단서가 있지 않은 한, 작품의 수준이 높든 낮든 간에 그 작품이 만들어지기까지는 많은 정성과 노력이 있었을 것임을 전제해야 합니다. 결과를 통해 과정을 진단해버리는 행위는 커다란 편견을 발생시킬 수 있습니다. 가령 올림픽 같은 대회에서 3등을 한 선수가 1등을 한 선수보다 덜 노력했다고 생각한다거나, 순위권에 들지 못했다고 순위권에 든 선수보다 볼품없는 사람이라고 생각하는 것은 분명한 오류임을 이해할 것입니다. 작자들도 저마다의 환경 속에서 저마다의 노력으로 작품을 써냅니다. 작품도 저마다의 환경 속에서 나름의 의미를 발생시킵니다. 덜 자란 식물이 잘 자란 식물보다 덜 성실했던 건 아닙니다. 무엇이 부족했는지를 말해주는 것만으로 비평자의 역할은 충분한 것입니다.

세 번째, 합평의 장은 승부를 겨루는 자리가 아님을 아는 것입니다. 우리가 합평을 하는 이유는 작자의 작품이 더 나은 작품이 될 수 있도록 도와주고 내게 필요한 피드백을 얻어가기 위해서입니다. 누군가의 작품을 더 가혹하게 평가했다고 해서 그 비평자가 유능한 사람이 되는 것도 아니고, 비평이 가혹한 만큼 작자에게 도움이 되는 것도 아닙니다. 굳이 없는 단점까지 찾아서 비평하려고 하지는 말아야 합니다. 칭찬이든 비판이든 무엇을 아끼거나 남발할 필요가 없습니다. 느낀 바를 솔직하게 말할 때 가장 좋은 도움을 줄 수 있습니다. 특별히 떠오르는 감상이 없었다면 그냥 감상이 생기지 않았다고 전해주면 됩니다. 그것 자체로 피드백이 되어서 작자는 자신의 작품이 사람들에게 특별한 감상을 불러오지 못했다는 점을 참고하게 될 겁니다.

합평은 작품 활동을 촉진하는 자리가 되어야지 작품 활동의 싹을 자르는 자리가 되어서는 안 될 것입니다. 작자든 비평자든 서로 배려하고 존중하는 입장으로 평가에 임할 때 가장 유익한 합평이 이루어질 수 있을 것입니다.

- 시 쓰기에 관한 고민들 -

1. 시는 쓰고 싶은데 써지지 않을 때

쓰고 싶지만 써지지 않는 때가 있습니다. 아무리 시를 원만하게 잘 써나가던 사람도 어느 순간에는 한 줄도 쓰지 못하겠는 때가 있습니다. 사람들은 그럴 때 어떻게 해야 시를 쓸 수 있는지 방법을 고민하곤 합니다. 마치 시를 쓰는 특별한 비법이 따로 있고, 시를 쓰게 만드는 절대적인 무엇인가가 있는 것처럼 말입니다.

시가 써지지 않을 때는 사실, 어떻게 하면 쓸 수 있을지에 초점을 맞추기보다는 무엇이 시를 쓰지 못하게 하고 있는지에 초점을 맞추는 것이 더 좋습니다. 시는 생각보다 자연스러운 행위의 하나입니다. 굳이 시를 막는 무언가가 없으면 쓰고자 하는 사람이 못쓰는 일은 생기기 어렵다는 것입니다. 시뿐만 아니라 예술이 대개 그렇습니다. 방법을 알아서 그것을 하게 되는 것이 아니라 그것에 대한 동기가 방법을 만듭니다.

혹시 시에 대한 동기를 잃어버린 것은 아닌지 생각해보십시오. 시를 쓴다는 것은 상징적인 행위이지 실질적인 행위는 아닙니다. 시는 어떤 면에서 기자와 비슷한 역할을 수행합니다. 기자는 사건사고를 취재하고 언론을 통해 보도를 해주지 해당 사건을 직접 손보고 해결하지는 않습니다. 오염된 갯벌에서 죽어가는 새들이 있어도 사람들에게 그 실태를 전해줄 수 있을 뿐, 그 새들을 직접 살려주지는 못합니다. 시인도 마찬가지입니다. 삶의 빈틈을 드러내줄 수 있을 뿐 삶의 빈틈을 직접 채워주지는 못합니다.

만약 그러한 상징적인 행위에서 의미를 느끼지 못하고 있다면 시는 결코 쓰이지 않을 것입니다. 실질적인 행위에 더 큰 동기를 느끼는 사람은 시를 쓸 시간에 차라리 어떤 행동이라도 하고자 할 것이기 때문입니다. 그렇게 시를 쓰기 위한 숙고의 시간을 스스로에게 용인하지 않는 중이라면 어떤 방법을 구할 것이 아니라 자신에게 있어서 시를 쓰는 일의 의미와 가치가 무엇인지를 되새겨봐야 할 것입니다.

만약 세상의 실질적인 일 외에 상징적인 일에도 이미 큰 의미를 느끼고 있고, 눈에 보이는 현실과 눈에 보이지 않는 현실 사이의 간극을 충분히 감지하고 있는데도 시가 쓰이지 않는다면, 다음과 같은 부분을 확인해봐야 합니다. 혹시 시가 아니라 다른 예술수단을 취하고 있진 않은지 말입니다. 각각의 예술 분야가 고유하게 수행할 수 있는 영역이 나뉘어 있음은 틀림이 없지만, 예술이 가진 공통 영역이란 것이 있기 때문에 굳이 시까지 쓰게 되지는 않는 것일 수도 있습니다.

가령 세상의 이면을 밝히는 일은 시가 아니라 소설이나 그림 혹은 무용, 노래 등으로도 가능합니다. 시가 가진 고유의 특성 때문이 아니라 시가 예술 장르로서 가지는 특성 때문에 시를 쓰려던 사람이라면 시까지 병행하기는 어려울 것입니다. 기존에 시를 쓰던 사람일지라도 자신이 시를 써왔던 동기가 시에 있지 않고 예술에 있었음을 알게 되었다면 다른 예술 장르로 관심이 움직일 수 있습니다. 시를 써야 할 필연성을 스스로 느끼기 전에는 다른 장르로 옮겨간 자신의 창작의 열망을 시로 되돌릴 수 없을 것입니다. 이때는 시가 가진 고유의 특성이나 가치에 대해 생각해보는 과정이 필요할 것입니다.

그러나 위와 같은 점들을 충족시키고 있는데도 시가 써지지 않는 경우가 있을 수 있습니다. 이때는 시에 대해 과도한 책임감이나 사명감을 느끼고 있는 것은 아닌지 생각해봐야 합니다. 문학은 장르 특성상 시사성이 짙습니다. 과거 일제강점기나 독재정권 하에서 활동했던 문인들을 떠올려 보면 문학을 하는 사람들 중에는 사회 지식인들이 많았습니다. 지금은 순수문학의 시대이므로 사회적 책임감을 필요 이상 지닐 일은 없는데 앞선 문인들의 영향으로 스스로에게 큰 짐을 지우고 있다면 시가 나오기 어려울 것입니다.

사회적인 책임감이 아니더라도 문학이라는 장르 자체에 대한 책임감이나 사명감을 과하면 시 한 편을 쓰기가 너무 어렵게 됩니다. 어떤 시에서도 만족할 수 없게 될 것이기 때문입니다. 자신이 말할 수 있는 부분에 대해서만 말하고 다룰 수 있는 것들만 다루어 나가도 시에는 모자람이 없습니다. 시를 쓰는 일이 꼭 대의를 가져야만 하는 일이 아닙니다. 사소하고 작은 이유로도 충분히 가치 있는 시가 쓰일 수 있음을 스스로 인정해야 합니다. 대의를 좇는다고 한 편도 쓰지 못하는 것보다는 부족한 시라도 한 편 쓰는 것이 훨씬 나은 결과를 불러올 것입니다.

시가 써지지 않는 까닭은 정리하자면, 시를 쓰기 전에 그 힘이 다른 곳으로 다 새어 나가고 있거나, 너무 많은 힘이 몰려서 시가 막혀 있는 경우라고 할 것입니다. 이때는 어떤 특별한 방법을 써서 억지로 시를 이어나가기보다 시를 쓰는 일에 힘이 자연스럽게 흐를 수 있도록 스스로를 돌아보는 것이 필요하겠습니다. 시가 쓰이지 않을 이유들이 사라지면 굳이 애쓰지 않아도 시가 써지기 시작할 것입니다.

2. 시 한 편 쓰기가 힘에 부칠 때

시를 쓰는 일이 힘이 안 드는 일일 수는 없을 것입니다. 그러나 매 한 편 한 편이 지속하기 어려울 만큼 어려움을 주고 있다면 그것은 시를 쓰는 중이 아니라 시 쓰기라는 형태의 고행을 하는 중인지도 모릅니다.

시는 생각보다 인위적인 활동이 아닙니다. 우리가 귀에 익은 노래를 어느 날 저절로 흥얼거리게 되는 것만큼이나 자연스럽게 쓰이는 것이 시입니다. 사람들은 종종 시를 너무 숭고하고 엄중한 것으로 생각합니다. 마치 도자기 장인이 구워낸 고급 백자처럼 조심스럽게 생각해서 실생활에서 사용은 하지 않고 장식장에 넣어두듯 합니다. 백자가 지금은 유물이니 귀하게 취급받을지라도 조선 당시에는 분명 실용품으로서 일상에서 사용되었을 텐데 말입니다.

시를 쓰는 사람이 도자기를 굽는 장인이라 할지라도, 장인은 도자기를 수없이 만들어 가면서 장인이 되었지 하나를 빚는 데 노심초사하여 장인이 되지는 않았습니다. 명시라고 불릴 수 있는 시들 또한 그 한 편에 직접 공들인 만큼 명시가 되었다기보다도 여러 편을 계속 애써 완성해내는 중에 명시가 하나 나타났다고 봐야 합니다.

시 한 편이 도자기 하나 만큼의 노력은 들어야겠지만 도자기 하나가 힘에 부칠 만큼 어려움을 주지는 않을 것입니다. 과도하게 공만 들인다고 도자기가 품질이 올라가는 게 아니니 어느 단계까지는 도자기공도 일단 빚어내기 자체를 해내는 데 힘쓸 것입니다. 시인 또한 시를 계속 써나가는 사람이어야 하는데, 평생에 한두 편 쓰고 말 것처럼 공만 들인다면 어느 한 편도 제대로 남기지 못할 수 있습니다.

시는 생활에 부합하여 쓰이는 실생활 예술입니다. 나의 현재 상황에 안 맞는 시나 내 정서를 벗어난 시는 절대 쓰이지 않습니다. 시는 너무나 진실하여 속마음을 속여가면서는 쓸 수 없습니다. 시를 쓰기 힘들 땐 혹시 내가 거짓말을 하려고 공을 들이고 있는 건 아닌지도 돌아봐야 합니다. 시를 쓴다는 사회적 시선을 염두에 두고 조선시대 양반처럼 뒷짐을 쥐고 헛기침만 하고 있지는 않은지 말입니다.

시인은 대단한 사람이 아닙니다. 누구보다 특별히 더 고귀하거나 숭고하지 않습니다. 그냥 시를 쓰는 사람일 뿐입니다. 시를 쓴다고 갑자기 다른 존재가 되지 않습니다. 그러니 부담 없이 써도 괜찮습니다. 아이들이 블록을 쌓았다가 부수고 모래성을 만들었다가 해변에 그대로 두고 오는 것처럼, 결과를 염두에 두지 않고 일단 먼저 시작해보는 그런 시 쓰기를 해나가십시오.

시 한 편 잘못 쓴다고 큰일이 나지는 않습니다. 연구실에서 탄생해야 하는 의약품 같은 게 아니기 때문입니다. 시 한 편 잘 쓴다고 큰일이 이루어지지도 않습니다. 시 쓰기는 임용시험이나 고시같이 무언가를 보장해주는 일도 아니기 때문입니다. 잘 쓰면 상을 받을 수는 있지만 상을 받았다고 시 쓰기가 끝나지는 않습니다. 오히려 상을 받고 나면 더 활발해져야 하는 것이 시 쓰기입니다.

시를 쓸 때 어떤 부분에서 특히 힘을 들이고 있는지도 생각해봐야 할 것입니다. 힘이 드는 곳이 시상을 찾는 부분에서인지 표현을 이루는 부분에서인지 말입니다. 시상을 찾는 데에서 힘이 많이 들고 있다면, 다음과 같은 말을 유의하면 좋을 것입니다. 시는 이미 고여 있는 샘물을 찾아내는 일이지 샘물을 직접 만들어내는 일이 아니라는 것을 말입니다. 만약 표현에서 힘이 많이 든다면 또한 다음과 같은 부분을 염두에 두십시오. 시는 그 샘물을 떠갈 수 있게 우물을 만들어주는 것이지 샘물을 직접 퍼다 날라주는 것이 아니라는 점을 말입니다.

시인은 새를 잡기 위해 총이나 그물을 들고 산을 뒤지지 않습니다. 새가 오가는 곳에, 혹은 새가 오고갈 만한 곳에 나무를 심고 길러서 그 새들이 앉았다 갈 수 있게 할 뿐입니다. 새는 묶어두면 죽게 되고 날아가면 볼 수 없으니 나무를 길러 새를 부릅니다. 이때 나무를 직접 기르는 것은 사람이 아니라 자연이므로 시인은 다만 바라는 방향으로 나무가 원만히 자랄 수 있게 고르고 다듬는 작업만 해줍니다. 나무의 높낮이나 무성하고 성긴 정도에 따라서 찾아오는 새가 달라지질 것이니 시어를 고르고 시구를 나눈다는 것은 바로 이러한 일을 의미합니다.

없는 나무를 심을 수 없고 없는 새를 부를 수도 없는 것이므로 공연히 힘들일 곳은 하나 없다고 할 것입니다. 시가 크다고 좋은 것도 아니고 작다고 나쁜 것도 아니니 많은 새를 욕심낼 이유는 없습니다. 무엇보다 새들이야 나무 하나만 보고 찾아오는 것들이 아니니 ‘시’라는 공간이 아니라 ‘나무’라는 개체 하나에만 집착해서도 안 될 것입니다. 가버린 새를 억지로 데려오려는 일 또한 무리한 일이라고 할 것입니다.

어느 분야를 막론하고 힘을 줄 곳과 뺄 곳을 구분하는 일은 중요할 것입니다. 시 한 편 한 편이 벅차다면 힘을 빼야 할 곳에 많은 힘이 들어가는 중일 수 있습니다. 힘을 주어야 할 곳에 힘을 주는 일이야 능동적인 어려움이니 그 어려움 자체가 반가운 일일 겁니다. 아직 모르는 것이 많아 힘 줄 곳을 몰라 힘들 때에는 다양한 시를 읽고 무작정 써보다 보면 투박하게라도 힘이 실리는 지점을 느낄 수 있을 것입니다.

3. 초보에서 빨리 벗어나는 법

시 쓰기를 잘하고 싶을 때가 있을 것입니다. 시를 잘 못쓰더라도 시를 쓴다는 것 자체에서 이미 충분한 의미가 있지만, 이왕이면 잘 써서 얻는 의미도 느끼고 싶을 때가 습니다. 번듯한 시를 지어서 여러 사람들에게 읽혔으면 하는 마음일 것입니다. 그런데 여러 사람이 읽을 수 있는 시를 쓰기 위해서는 이전과는 조금 다른 관점이 필요해집니다.

이때는 어떤 것이 시적으로 느껴진다고 해서 곧바로 시로 만들려고 하지 않는 것이 좋습니다. 메모를 하고 적어 놓는 것이야 권장되지만, 시라는 작품으로 만들 때는 생각을 좀 더 모으고 숙성시켜주는 것이 좋습니다. 지금의 단계로도 이미 충분히 괜찮은 시가 나올 수도 있겠지만, 그 충분히 괜찮은 생각들을 몇 개만 더 쌓아보는 것입니다.

그러다가 2~3편의 시가 쓰일 수 있을 만큼의 인상이 모이면 그 중에서 가장 괜찮아 보이는 1편의 생각을 고릅니다. 혹은 2~3편 모두를 한 편으로 뭉칠 방법은 없는지 그 생각들 사이의 공통점이나 연결고리를 생각해봅니다. 초보에서 벗어나고 싶다는 것은 시를 웬만큼 써낼 줄 안다는 것일 테니, 이제는 한 편 한 편 써내는 것에서 의미를 느끼는 것을 넘어서, 그 중에서도 더 시적인 것, 더 가치 있는 것을 골라내는 법을 익혀가야 하는 것입니다.

시인이 조리사라면 무엇이든 조리만 해내면 임무가 다하는 일이었을 겁니다. 하지만 시인은 조리사보다는 요리사입니다. 음식 재료의 선정부터 시작해서 식탁에 올라가서 식사가 이루어지는 순간까지의 모든 과정을 의식해야 합니다. 아무 재료가 주어져도 요리사는 요리를 만들기는 할 것입니다. 하지만 아무 재료 갖고 만든 음식을 식탁에 내놓으려는 요리사는 없을 것입니다. 조리 실력이 뛰어나도 재료가 좋지 않으면 넘을 수 없는 맛의 영역을 알기 때문입니다.

요리사들은 자신이 다루려는 재료가 가장 신선하게 혹은 건강하게 자라는 곳을 찾아가기도 합니다. 식당을 운영하는 요리사라면 비용을 좀 더 내서라도 좋은 재료를 공급해줄 곳을 찾습니다. 재료가 좋으면 똑같은 요리를 해도 맛이 좋을 뿐만 아니라 조리가 단순 명료해질 수 있기 때문입니다. 단순한 조리일수록 원재료의 고유한 맛이 살아나 인위적 조미과정에서 얻을 수 없는 맛을 얻을 수 있고 말입니다. 사람들이 서울에서도 먹을 수 있는 회를 굳이 동해나 제주도까지 가서 먹는 것은 괜한 행동이 아닙니다. 그것도 더 화려한 반찬을 포기하면서까지 말입니다.

시에서도 각각의 시적 발상이 가진 크기나 가치가 조금씩 다릅니다. 같은 종류의 것이어도 좀 더 좋은 발상이 있고 덜한 것이 있습니다. 그것은 남과 비교해서 그런 것이 아니라 자기 안에서 제대로 찾아졌느냐 아직 덜 찾아졌느냐에 따라서 그렇습니다. 우리가 익히 아는 화가들이 유학을 하면서 다른 나라의 화풍을 참고하면서까지 자신의 그림을 발전시켜나갔던 것도 비슷한 맥락입니다. 이미 충분히 잘 그렸을 것이고 그릴 만한 소재들도 도처에 널려 있었겠지만, 이왕이면 자신이 표현하고자 하는 것을 더 명확하게 드러내줄 대상과 방법을 찾아 나섰던 것입니다.

우리가 쓴 시가 가치 있다고 해서 곧바로 다른 사람들이 그 시를 읽으려 하지는 않을 것입니다. 자신만의 세계를 구축하는 것이 시인의 임무이기는 하지만, 읽는 이의 입장을 어느 정도 고려할 필요는 있을 겁니다. 대부분의 독자들은 자신에게 다가오는 의미를 최우선으로 고려하지, 그것이 작자에게 무슨 의미였을지 먼저 고민하지 않습니다. 머리로 헤아리는 것과 마음으로 받아들이는 것은 다르기 때문입니다. 만약 많은 사람들에게 읽히기를 바란다면 머리로 헤아리는 데에서 끝날 만한 것들보다는 마음으로 받아들일 수 있는 것들을 중심으로 작품을 구성하는 것이 좋습니다.

도전적이고 실험적인 시를 써가는 것도 좋지만, 또 시인 자신의 취향에 가장 잘 맞는 시를 지속하는 것도 좋지만, 그것을 받아들이는 사람들에게 온전히 그 마음이 전해질지를 고려해볼 필요가 있습니다. 요리사가 음식을 어렵고 고급스럽게 만드는 일에만 몰두하지 않고 그것을 먹는 사람의 입장을 고려해 조리의 정도나 과정을 조절하듯이 말입니다. 시인이 시를 멋진 장식품으로 만들려는 것이 아닌 한, 독자에게 읽힐 가능성을 높이는 것은 시의 운명에도 중요한 문제입니다. 감탄을 주는 시보다는 감동을 주는 시가 사람들의 마음에 좀 더 오래 남을 것입니다. 그러한 시를 좀 더 수준 높고 가치 있는 시라고 보았을 때, 시 쓰기 초보에서 빨리 벗어나는 법이란 그 시가 지닌 주제나 내용의 깊이를 고려하기 시작하는 일이라 할 것입니다.

4. 자신의 시가 부끄러울 때

자신의 시가 부끄러워질 때가 있습니다. 남에게 보이려고 할 때에야 비로소 부끄러움을 느끼게 하는 시도 있지만 스스로 읽었을 때도 부끄러움을 느끼게 하는 시가 있습니다. 그때의 부끄러움은 겸양이나 내숭으로 느끼는 부끄러움이 아닙니다. 정말로 숨고 싶은, 피하고 싶은 부끄러움입니다.

시가 유치하거나 서툴다고 부끄러움을 불러일으키지는 않습니다. 어린 시절에 진심을 담아 썼던 시를 어른이 되어서 보면 애잔한 마음이 들고 추억이 떠오르지 부끄러운 마음이 들지는 않습니다. 아이들이 쓴 시를 읽을 때도 그 나름의 표현과 감정들을 보고 미소가 지어지지 눈이 찡그려지지는 않습니다. 시에서 느끼게 되는 부끄러움은 실력이 모자랐을 때가 아니라 너무 사적으로 썼을 때 느끼게 되는 것입니다.

시적 공간은 생각보다 공적인 공간입니다. 저마다 사적인 이야기를 하는 것 같지만, 잘못 쓴 시가 아니라면 사적인 가면을 쓴 공적인 이야기입니다. 시가 자기 고백을 하는 것 같아도 정말 일기장에 쓰거나 성당의 신부님 앞에서 하는 그런 고백이 아닙니다. 시인은 고백에 적합한 한 명의 배우를 만들어서 그 배우로 하여금 고백을 말하게 할 뿐입니다.

자신의 시가 부끄럽게 느껴진다면 그것은 일기를 일기장이 아니라 시집에 적어 놓았기 때문입니다. 고백을 연기하라고 했는데 실제로 고백을 해서 만천하에 자기 비밀을 다 폭로해버렸기 때문입니다. 솔직한 것은 내 모든 것을 털어놓는 일이 아닙니다. 다루고자 하는 내용에 관하여 진실하다는 의미입니다. 선택과 배제를 이루지 않은 솔직함은 단순히 자기노출에 불과합니다.

드라마를 보면 드라마 속의 배우들은 잠을 자거나 잠에서 깰 때도 항상 풀 메이크업 상태에 있다는 것을 알 수 있습니다. 민낯의 모습을 하고 있을지라도 그것은 정말 민낯이 아니라 민낯의 모양을 한 메이크업이라는 것을 알 수 있습니다. 만약 진짜 민낯으로 자고 일어나는 배우가 있다면 그것은 드라마가 아니라 다큐멘터리일 것입니다. 시를 쓰는 일은 다큐멘터리보다는 드라마에 가깝습니다. 사실 그대로를 통해 메시지를 전하는 것이 아니라 표현을 통해 메시지를 전하는 것입니다.

만약 왕자와 거지라는 연극이 있을 때, 무대에 등장한 거지가 거지의 흉내를 내는 배우가 아니라 실제 거리를 헤매는 거지라면 어떻게 될까요. 아마 그 연극을 가만 보고 있을 사람은 없을 겁니다. 상황 그 자체로도 당황스럽겠지만, 사람들은 실제 거지가 풍기는 냄새와 때 묻은 복장을 받아들이기 힘들어 할 것입니다. 매체 속의 거지는 이미지와 표현에 불과하지만 실제 거지는 살아 있는 현실이기 때문입니다. 해당 거지가 선량한 사람인지 아닌지도 알 수 없으니 관객들은 혹시나 자신이 피해를 보지 않을까 걱정하면서 극장을 나가게 될 것입니다.

작품이라는 공간은 무대와 비슷합니다. 관객들은 배우들이 입은 옷과 신분이 모두 가짜라는 것을 알지만 속았다고 느끼지 않습니다. 오히려 그들의 꾸며짐 때문에 전달하고자 하는 바가 거부감 없이 더 잘 전달되었다고 느낍니다. 관객들이 야속한 사람들이서가 아닙니다. 사람은 누구든 타인의 진실을 아무런 준비 없이, 가림막 없이 접하고 싶어 하지 않습니다. 그것은 부끄러움을 넘어서 때로 충격과 공포로까지 이어지기 때문입니다.

진실을 위해 사실을 코팅하는 것, 밀도 높은 진실의 전달에 방해가 되는 사실들을 걸러내는 것, 이것은 승화입니다. 승화는 내가 가진 진실에 타인이 들어올 공간을 마련해주기 위한 것입니다. 나 또한 타인의 일을 있는 그대로 경험하고 싶지는 않은 것처럼, 어떤 작품이든 일정 수준은 무대와 객석을 나누어 놓아야 하는 셈입니다. 이것을 가능하게 해주는 것이 '시적 화자'입니다.

소설 속의 서술자가 현실의 소설가와 다른 입장 무관한 시공간에서 이야기를 전해줄 수 있는 것처럼, 화자는 시인이 그 현실의 존재로서가 아니라 가상의 존재로서 자유롭게 목소리를 낼 수 있도록 도와줍니다. 시인은 필요하면 시 속에서 성별을 바꾸거나 나이를 바꾸거나 심지어는 인간이 아닌 동물이나 식물이 될 수도 있습니다. 대부분의 서정시는 시인과 화자가 일치하는 모습을 보이곤 하지만, 그럼에도 사실 화자는 시인이라는 현실의 인물과는 별개의 존재입니다. 시인이 한때 가졌던 태도나 그 순간의 모습이 인격화된 것일 뿐입니다.

부끄럽거나 추한 것도 감동적이고 아름다운 작품이 될 수 있는 까닭은 이러한 이유에서입니다. 작품은 전하고자 하는 메시지를 위해 현실을 활용하지 현실 그 자체를 보여주지 않습니다. 누드는 부끄럽지만 누드화는 부끄럽지 않은 것처럼 말입니다. 다만 무대와 객석 사이를 필요 이상 띄우면 가식이나 왜곡이 될 수 있는 점은 염두에 두어야 할 것입니다.

5. 다른 사람의 시가 잘 읽히지 않을 때

시를 잘 쓰기 위해서는 시를 잘 읽는 것 또한 중요할 것입니다. 그러나 다른 사람의 시를 읽고 이해하는 일은 쉬운 일이 아닙니다. '시에 대한 이해 2번 글'에서 말씀드렸었던 것처럼, 시는 보편성에 집중하기보다도 개인의 특수성에 집중하기 때문입니다. 정보를 전달하거나 설득을 하기 위한 글이라면 논리적 이해로 파악이 가능했을 것입니다. 하지만 아무리 보아도 특별히 얻어가야 할 내용이 무엇인지 잘 모르겠고 파악된 내용도 그 자체로 무슨 의미가 있는지 알기 어려울 때가 있습니다.

사회공통 상식과 인간 보편에 대한 이해는 분명 시를 이해할 커다란 자원이기는 하지만 개인의 시를 이해하기 위해서는 그것 이상의 무언가가 필요합니다. 사실 시에서만이 아니라 우리가 현실에서 마주하는 인간관계에서도 그렇습니다. 아무리 만 명의 사람을 경험했다고 한들, 새로 만난 사람을 과거의 경험으로 파악하려 하면, 필히 오해나 갈등, 편견 등이 생기게 됩니다. 우리가 만나는 사람은 분명 '사람'이기는 하지만 그냥 사람이 아니라 '그' 사람이기 때문입니다. 직접 마주해서 겪기 전까지는 알 수 없는 존재들인 것입니다.

사람과 소통하고자 하는 마음이 있을 때 우리는 내가 아니라 그 사람을 중심으로 생각하기 시작할 것입니다. 아마 소통하고 싶은 마음이 없을 때는 본론만 취하고 그래서 용건이 무엇인지만 파악하려 할 것입니다. 시는 용건만 취하려고 할 때는 당연히 이해될 수가 없는 글일 것입니다. 그런데 소통하고자 하는 마음은 내 마음대로 조정 가능한 부분이 아닙니다. 다른 사람의 마음은 물론 소중하기야 하지만 나 자신의 마음이 먼저 감당하기 어려울 때는 다른 사람의 말에 귀 기울이기 어렵습니다.

만약 억지로 타인의 말을 들어주고 그 마음을 헤아려주어야 한다면 그것은 감정노동이 될 것입니다. 우리는 사람과 사람 관계를 이루고 싶어 하지 노동관계를 이루고 싶어 하지 않습니다. 시를 읽을 때도 시를 감상하고 싶은 것이지 시인을 헤아리는 일을 하고 싶은 것이 아닙니다. 그래서 시가 읽히지 않는 상태에서 억지로 시를 잘 읽을 수 있는 방법이란 없습니다.

그럼 어떻게 해야 할까요? 먼저 시를 읽는 과정에 대한 생각을 바꿀 필요가 있습니다. 시를 이해하는 일은 분명 화자의 마음을 헤아리는 일이지만, 그 마음을 헤아리는 마음은 나의 마음이라는 것을 인지하는 것입니다. 즉, 상대의 마음을 헤아리는 데에만 집중할 것이 아니라 나의 마음을 먼저 헤아리는 것이 중요하다는 것입니다.

소통은 둘 사이에 이루어지는 일이지 한 쪽에서만 일방으로 이룰 수 있는 일이 아닙니다. 시를 읽는 사람도 한 명의 사람으로서 이해받고 싶은 마음이 있습니다. 내 마음은 아무도 헤아려주지 않는데 자꾸 남의 마음만 헤아려야 한다고 하면 내 마음만 지치고 망가질 뿐입니다. 그것이 실제 사람이 아니라 책 속의 화자와의 소통에서일지라도 말입니다. 단지 시 속의 화자는 실제 사람이 아니라는 점에서 우리에게 무언가 강요하지는 않는다는 차이가 있을 뿐입니다.

따라서 시를 읽기 전에 내 마음을 먼저 읽어야합니다. 시를 읽으면서 내 마음을 같이 읽어가야 합니다. 시를 읽는 것은 사실 독자 자신을 위한 행위입니다. 아무리 시집을 읽고 진심으로 소통해도 거기에 실제 사람은 없습니다. 둘 사이의 소통이 원만하게 이루어진 만큼 무언가를 얻게 되는 것은 독자뿐입니다. 넓은 시각에서는 그렇게 소통을 이룬 독자와 미래에 소통하게 될 다른 사람들도 무언가를 얻게 될 사람들이기는 하겠지만, 당장의 순간에 시집을 읽는 것은 자신을 위한 일인 것입니다.

그렇다면 시 속의 화자를 이해하려고 했었던 만큼 나 자신의 마음을 이해해봐야 합니다. 내 마음이 왜 굳어 있는지, 왜 다쳐 있는지, 왜 무언가에 그렇게 예민하게 반응을 하는지 헤아려봐야 합니다. 마음속에 각인 된 다음과 같은 목소리들도 하나하나 지워낼 필요가 있습니다. '너만 그런 거 아니야.', '겨우 그런 거 가지고.', '너보다 힘든 사람 많아.', '너 좀 이상하다.', '유별나네.', '정신 차려', '아직 철이 없군.', '네가 지금 그러고 있을 때니?' 같은 것들을 말입니다.

우리가 우리의 삶을 지켜오는 동안 단단해져야 했던 마음을 유연하게 풀어줄 필요가 있습니다. 내가 세상에 의해 단념해야 했던 마음을 다른 사람에게서 발견했을 때 우리는 은연중에 그 사람의 마음까지 단념시키고 싶어 하게 될 것입니다. 내가 이해받지 못한 상태에서 남의 마음을 이해해줄 만한 넉넉함은 현실적으로 생길 수 없는 것이니 말입니다. 당장에 내 마음을 헤아려줄 사람은 구할 수 없고, 그렇다고 닫힌 상태로 지속되길 원하지도 않을 때는, 내가 내 마음을 진심으로 받아들여주는 수밖에는 없을 것입니다. 표면적으로 머릿속으로가 아니라 정말 내 마음 깊은 곳에서 끌어안아 주어야 합니다.

세상이 나에게, 또 내가 나에게 쏟아 부었던 폭력적인 목소리들을 하나씩 치워나가면, 다른 사람의 시도 자연히 이해되기 시작할 것입니다. 내 마음에 먼저 내가 열려 있으면 타인의 마음에도 열려 있을 수 있게 될 것입니다. 억지로 마음을 열어야 하는 것은 아니니 무리하게 지금 다 이해하려고 하지는 않아도 됩니다. 힘들면 현재의 마음으로 읽을 수 있는 부분만 읽고 넘어가세요. 시는 언제나 진심을 다하고 있습니다. 우리가 돌아선다고 시가 돌아서는 일은 없습니다. 내 마음이 자연스럽게 열렸을 때 다시 찾아가도 됩니다. 오래전에 읽을 수 없었던 시가 오늘 새롭게 읽힐 수 있는 것은 바로 이와 같은 원리입니다.

6. 시 한 편에 얼마큼의 노력이 들어가야 할까

한 편의 시를 완성하는 데 얼마큼의 노력을 들이는 것이 좋을까요? 노력은 많으면 많을수록 좋은 것일까요, 아니면 적당히 완성이 되었을 때 그만 다른 시로 넘어가는 것이 좋을까요? 일률적으로 정할 수 있는 정도란 없겠지만 한 편의 시가 '완성'되었다는 그 기준에 대한 이야기를 해보려고 합니다.

우선, 시를 쓰는 일에 있어서 '적당히'라는 것은 없어야 할 것입니다. 시를 잘 쓰는 사람이라면 적당히만 써도 웬만큼 수준급의 시가 나올 수는 있을 것입니다. 하지만 시를 쓰는 사람이 바라는 것이 비슷한 수준의 시를 대량 생산하는 일은 아닐 것입니다. 100편을 썼는데 그 중 한 편의 시도 내 일생에 남길 만한 가치를 지니는 것이 없다면 그만큼 허무하고 안타까운 시 쓰기가 없을 테니 말입니다. 그리고 적당한 수준에서 시 쓰기를 즐기기보다 이왕이면 이전에 표현해보지 못한 지점까지 조금씩 나아가면서 다양한 시도를 해보는 것도 시 쓰기의 한 즐거움입니다.

그렇다고 과도한 노력이 좋은 것은 아닙니다. 다른 일들은 죄다 제쳐놓고 한 편에만 몰두한다고 명작이 나오지는 않습니다. 한 편의 시를 끝까지 붙잡는 것은 분명 좋은 태도이지만, 그 정도가 다른 것을 돌아보지 못할 정도라면 오히려 그 작품을 협소하고 폐쇄적으로 만들 뿐입니다. 한 편의 시가 가져야할 깊이란 탑을 거꾸로 꽂아 놓은 듯한 수직적 형태가 아니라, 완만한 능선을 둘러 내려가

듯 넓이와 폭까지 겸비한 나선의 형태여야 합니다. 급하게 노력을 쏟아 붓지 말고 시를 쓰는 과정 순간순간에 깨닫는 것들까지 반영해줄 수 있는 넉넉함이 동반되어야 하는 것입니다.

얼마큼의 노력을 쏟아야 하는가를 생각하기 전에, 시를 왜 완성하려하는가에 대해 생각해볼 필요가 있습니다. 단순히 작품의 수를 늘리려는 목적은 아닐 것입니다. 남과 겨룰 만한 자랑스러운 무기를 만들려는 이유도 아닐 것입니다. 분명 스스로에게 가치 있는 일을 하고 싶고 거기서 성취와 의미를 남기고 싶어서일 것입니다.

그렇다면 한 편의 시는 그 시가 가지고 있는 저마다의 가능성 덩어리입니다. 그 덩어리가 실현할 수 있는 가능한 많은 모습들을 실험하고 드러내보는 것이 시인이 진정 해보고자 하는 바인지 모릅니다. 그 덩어리로 할 수 있는 바를 충분히 해보았다고 느낄 때 시인은 그 덩어리에서 더는 아쉬움을 느끼지 않게 될 것입니다. 설령 아쉬움이 남을지라도 미련은 결코 남지 않을 것입니다. 남에게 보이거나 어딘가에 남겨두게 되더라도 스스럼이 없을 것입니다. 바로 이러한 상태에 이르렀을 때 그 시는 정말 완성되었다고 말할 수 있을 것입니다.

한 편의 시마다 그 시가 완성되기까지 걸리는 시간이나 필요한 노력의 양은 모두 다릅니다. 어떤 시는 생각보다 금방 모든 가능성이 실현될 수 있으며 또 어떤 시의 경우는 충분히 많은 모양들을 실험해보았음에도 아직 모자란 상태일 수도 있습니다. 절대적인 노력의 양과 시간이 적다고 이미 종결된 작품을 계속 붙잡고 있을 필요는 없습니다. 어떤 시인은 노력에 노력을 거듭한 시가 아닌 하루 순식간에 쓴 시로 상을 받기도 했습니다. 짧은 순간에 쓰였을지라도 질적으로 다른 순간이었다면 시의 완성도에는 문제가 되지 않는 것입니다.

반면, 파도 파도 끝이 없는 시는 어느 순간엔 종결을 짓고 내려놓을 수 있어야 합니다. 어느 먼 훗날에 다시 그 시를 고칠지언정 끝임 없이 노력만을 불러일으키는 시는 거기가 한계임을 받아들여야 합니다. 아마 그 시는 애를 더 써도 비슷한 모습을 뱅글뱅글 돌기만 할 것입니다. 우리는 우리가 가진 능력이나 그 시가 가진 가능성을 100% 실현시킬 수 있기를 바랄지 모릅니다. 그러나 100%는 이룰 수 없는 지점입니다. 이룰 수 있다고 해도 낭비이거나 이루었다는 착각입니다.

99%에 이르렀으면 1%는 남겨두어야 합니다. 그 1%는 내가 채우는 것이 아니라 시가 스스로 채우거나 읽는 사람들이 채워야 할 영역인 것입니다. 만약 그것을 직접 채우려고 하면 그 대가는 상당할 수 있습니다. 1%를 얻는 대신 99%를 잃거나 시가 아닌 다른 것으로 비용을 치르게 될지 모릅니다.

시의 완성은 단순히 많은 노력으로 이루어지는 것도 아니고 겉보기 적당한 상태에서 달성되는 것도 아니라 하겠습니다. 시인의 주관적인 판단에 근거해서 개별 시가 가진 가능성의 총량을 충분히 실현해보았는가가 시의 완성을 결정한다고 할 것입니다. 100편의 시보단 100편의 가치를 지닌 한 편을 남기길 지향하는 것이 낫고, 한 편도 완성하지 못할 바에는 몇 편이라도 써내는 것이 낫다고 하겠습니다. 무엇보다 시의 완성에 얽매여 시를 쓰는 본래 목적을 잊게 되지 않는 것이 중요하겠습니다.

7. 독자를 얼마나 의식해야 할까

혹자는 말합니다. 예술은 외로운 것, 대중을 좇지 말라고요. 또 누군가는 말합니다, 읽히지 않는 글은 아무 쓸모가 없으니 읽히는 글을 써야 한다고요. 어느 쪽이든 모두 타당한 바탕을 가지고 있습니다. 예술가가 대중에게 휘둘려서도 안 되지만, 그렇다고 대중이나 독자 없이 예술가가 존재할 수 있는 것도 아니기 때문입니다. 그렇다면 중간은 어디일까요. 어느 정도 귀 기울여야 하고 어느 정도 자기의 소신을 따라야 할까요.

우선, 예술가는 언제나 대중보다 빠릅니다. 예술은 철학의 논증이나 과학의 팩트보다 빠르며, 이때 대중은 과학이나 철학보다 느린 곳에 위치해 있습니다. 이는 당연한 이치입니다. 대중은 각기 다른 분야의 업과 관심을 가지고 살아가는 다수의 이름이지만, 예술가는 예술 분야에 정신을 쏟으며 항상 그 방면의 감각을 갈고닦는 사람의 이름이기 때문입니다. 철학자나 과학자는 한 분야에 정신을 쏟을지라도 철저한 검증과 계산 이전에는 무언가를 주장하지 않기 때문에 예술가의 직관적 행동보다는 항상 뒤에 있을 수밖에 없습니다.

그런 점에서 예술가는 언제나 오해받거나 무시당할 가능성을 갖습니다. 뒤늦게야 눈에 띄고 검증이 이루어져 가치를 인정받은 예술가들이 적지 않다는 것을 참고할 수 있습니다. 반대로 한때의 인기와 유행을 누린 후에 사라지는 예술가들도 있습니다. 비예술가들은 어떤 예술이 지니고 있는 가치보다는 자신의 관심사에 부합하느냐 못하느냐를 예술 향유의 최우선 조건으로 두기 때문입니다. 예술가가 대중의 취향을 맞추기 위해 작품을 해서는 안 되는 까닭입니다. 시대와 아주 무관한 작품을 만드는 것도 곤란하겠지만, 무엇보다 작품성을 우선시해야 그 작품은 긴 생명력을 지닐 수 있습니다. 대중성과 시대성을 우선시 하면 이슈는 만들 수 있을지 몰라도 그 빛은 찰나에 그칠 수 있는 것입니다.

대중들은 관심을 쉽게 가지기도 하고 쉽게 물리기도 합니다. 예술가의 정신성까지 알아보는 대중은 많지 않습니다. 그리고 사람들은 자신들의 취향을 만족시키기 위해 이리저리 애쓰는 예술가를 바라지는 않습니다. 삶이 바다라면 예술가는 한 명의 선장입니다. 선원이 선장에게 바라는 것은 그 바다를 건너는 굳건한 모습뿐입니다. 자신을 만족시켜줄 사람을 바랐다면 하인을 고용했지 선장을 따라가지는 않았을 것입니다. 뚜렷한 중심 없이 우유부단하게 흔들리는 선장은 선원을 떠나게 만들 뿐입니다. 예술가가 집중해야 할 일은 자기 앞의 바다를 굳건히 건너가는 일입니다. 그런 선장을 따를지 말지는 선원들 개인의 판단에 맡겨두어야 합니다.

예술가가 독자들의 말에 귀 기울일 일이 있다면, 그것은 자신이 독단과 아집에 빠지지는 않았는지 스스로를 점검하기 위해서입니다. 선장이 보지 못하는 것을 선원들이 이야기해줄 수 있습니다. 선장이 본래의 판단과 다른 행동을 하고 있을 경우에도 선원들이 알려줄 수 있습니다. 선원들의 목소리는 바다와 배의 상태를 알려주는 경보음입니다. 그 목소리 자체가 올바른 길을 알려주지는 않겠지만 선장이 더 적절한 판단을 할 수 있는 단서가 되어주는 것입니다.

대중들은 전문 비평가는 아닐지라도 어떤 예술에 대해 충분히 반응할 줄 아는 사람들입니다. 전문적인 용어들로 그 작품에 대해 논평하지는 못할지라도, 태생적으로 부여받은 인간 본연의 감각으로 그 예술 작품을 느낄 수 있습니다. 그런 점에서 한두 명의 전문 비평가가 해주는 말이 더 정확할 수는 있어도 수백 수천 명 이상의 일반 대중이 반응해주는 것보다 작품을 객관화해줄 수는 없을 것입니다.

다수가 항상 옳은 곳을 향하지는 않는다는 점은 주의해야 할 부분일 것입니다. 경보음이 아무리 세게 울려도 그 길이 가장 올바른 길일 수 있습니다. 예술가는 대중들의 말을 자신의 생각과 판단으로 어느 정도 선별하고 구분하고 들어야 합니다. 조언이 필요할 때는 일반 독자보다는 그 분야에 관심이 있는 전문 독자의 말에 좀 더 귀 기울이는 것이 좋을 수 있습니다. 의견을 내는 것은 어쩌다가 지나가는 나그네도 할 수 있는 일이지만, 도움이 될 만한 조언은 오랫동안 그 분야에 기거해온 주민들의 입에서 나오기 마련이니 말입니다.

대중이 아닌 비평가들부터는 자신의 예술이 지니고 있는 현재가치나 앞으로 지향해야할 미래가치에 대한 이야기를 들을 수 있을 것입니다. 비평가가 예언자인 것은 아니기 때문에 비평가의 이야기를 무작정 믿고 따라야 하는 것은 아닙니다. 어떤 선택을 하든 호평과 혹평은 항상 따라붙기 마련이고, 선택하지 않으면 결국 아무런 가치도 발생시키지 못하게 됩니다. 예술가는 미지의 영역을 모험해야 하는 사람이고 비평가는 이미 밝혀진 것들을 평가해주는 사람이므로 예술가는 어떤 이야기를 듣든 비평가의 뒤를 좇아서는 안 될 것입니다.

자신의 얼굴을 보기 위해서는 거울이 필요합니다. 거울을 보든 안 보든 나의 얼굴을 만드는 것은 나의 행동이지만, 거울이 있으면 내 얼굴을 원하는 방향으로 더 잘 다듬어갈 수 있습니다. 작품에게 거울은 독자들이며 작품은 독자들에게 비추어짐으로써 작가가 원하는 방향으로 더 잘 만들어질 계기를 얻게 됩니다. 우리가 독자들의 반응을 염두에 두어야 한다면 그것은 그들을 만족시켜야 하기 때문이 아니라 그 작품을 더 훌륭한 모습으로 만들기 위해서라고 할 수 있는 것입니다.

8. 등단만 하면 시인이 되는 것일까

시인이 된다는 것은 어떤 의미일까요. 사회 일반적으로 시인이란 신춘문예에 당선이 되었거나 문예지에서 신인상을 수상했거나 시집을 출간한 사람을 이르는 말입니다. 신문이든 잡지든 책이든 사회적으로 공인하는 지면에 자기 작품을 올리게 되면 비로소 '등단' 했다고 하는데, 시인이냐 아니냐를 이 등단의 여부로 판가름하는 것이 보통입니다. 그래서 시인이 되고자 하는 많은 사람들은 등단에 목을 매게 됩니다.

유능한 사람을 선발하는 등단제도가 언뜻 보면 합리적으로 보이기는 합니다. 아무나 시인이 되면 시인이라는 말에 대한 신뢰성이 떨어질 수 있으니 나름의 검증 제도가 필요할 수 있습니다. 그러나 시인이 뜻하는 본질적인 의미에 비추어 보면 등단제도란 생각보다 부적절한 측면을 많이 가지고 있기도 합니다. 등단한 시인들이야 유능한 시인들임에는 틀림이 없겠지만, 등단제도가 시인의 자질을 갖춘 사람을 끌어올려주는 것보다 기준에 부합하지 못하는 사람을 배제하는 역할에 더 충실하고 있는 실정이기 때문입니다.

시인의 대명사라고도 불릴 수 있는 윤동주 시인은 사실 등단을 하지 못했었습니다. 살아생전에 시인이라 불리지 못했을 뿐만 아니라 그의 유일한 시집은 유고시집입니다. 그러나 윤동주 시인을 시인이 아니라고 부정하는 사람은 그 어디에도 없습니다. 그가 시로 남긴 정신의 가치가 시인이라 불리기에 충분함을 모두가 인정하기 때문입니다. 하지만 그를 일찍이 인정해주고 발굴해주었던 동료들이나 정지용 시인이 없었더라면 그가 시로 남겼던 정신적 가치는 제대로 빛을 발하지 못했을지도 모릅니다.

윤동주 같은 시인이 그때만 있었다고 말하기는 어려울 것입니다. 등단은 하지 못했을지라도 충분히 가치 있는 시를 쓰고 있는 사람들은 지금도 곳곳에 있습니다. 하지만 윤동주 시인을 알아주었던 그런 동료나 선배 시인을 주변에 두고 있는 사람은 매우 드뭅니다. 아무리 시가 자기 목적으로 쓰는 것이라 해도 발표할 지면을 얻지 못한 시들은 세상에 없었던 일로 사라지는 것입니다.

가치 있는 시를 세상에 발굴해주는 것은 사회의 임무 중 하나일 것입니다. 세상이 인정해주지 않으면 시를 쓰는 사람 스스로가 세상에 자신을 드러내는 방법도 있지만, 무리하게 돈을 쓰는 것이 아니면 현재의 제도 안에서는 사실상 어려운 일입니다. 사람들에게 공개된 작품은 대회에 출품할 수 없을 뿐만 아니라 이름 있는 지면을 통해 발표한 작품이 아니면 아무도 취급해주지 않기 때문입니다. 그렇다면 등단을 희망하는 사람은 써놓은 작품을 암막 속에 계속 꽁꽁 싸두고만 있거나 전혀 다른 모험을 감행해야만 하는 것입니다.

신춘문예 같은 곳을 보면 번번이 등장하는 심사평 한 부분이 있습니다. 그 내용은 '최종에 올랐던 다른 몇 명의 작품도 당선이 되기에는 충분했지만 이번에는 다소 운이 없었던 것으로 본다.'와 같은 내용입니다. 그 뒤에는 '다른 곳에서 그 능력을 뽐낼 기회가 있기를 바란다'와 같은 말이 덧붙입니다. 분명 심사위원들도 500명 1000명 중에 한 명을 고르는 일이 선발의 효과보다는 배제의 효과가 더 크다는 것을 알고 있는 것입니다. 그러나 대회의 원칙은 가장 잘 쓴 한 명을 뽑는 것 그 이상도 이하도 아닙니다. 이번에 떨어진 사람들이 어떻게 될지는 아무도 상관하지 않습니다.

물론 정말 뛰어난 천재의 작품이 묻히는 일은 등단제도 안에서도 일어나지 않는 일일 것입니다. 그러나 정말 뛰어난 천재가 세상에 나타날 확률은 얼마나 될지 의문입니다. '시인'은 특별한 초인을 뽑아서 앉히는 자리가 아니라 시인이라는 사회적 역할을 수행해줄 사람을 뽑아서 맡기는 자리임에도 시단에서는 시인을 뽑는데 결벽증적인 태도를 거두지 않습니다. 그 결과 시는 어려워졌습니다. 오직 시만을 위해 사는 사람이 아니면 시를 알고 쓰기 어려운 지경에 이르렀습니다. 그 결과 시를 읽는 사람보다 시를 쓰는 사람이 많은 시대가 되었습니다. 이것은 기성 시인들에게도 좋은 일은 아닙니다. 시인으로 등단을 했어도 시 쓰기를 지속하기 어려운 현실에 직면하게 된다는 것이기 때문입니다.

세상에 시를 위한 지면이 협소하니 작은 문예지들을 만들어 거기서 시인들을 양성하고 시를 쓰는 사람들도 있습니다. 하지만 순수한 성격을 유지하기에는 역시나 현실이 녹록치 않기 때문에 '시인'이라는 이름을 원하는 사람들에게 시인이라는 이름을 주고 그 비용을 전가시키는 경우가 생깁니다. 권위를 인정받은 단체로서는 변질된 그룹과 자신들이 같은 이름으로 섞이기를 바랄 리 없습니다. 따라서 시인들의 세상에서도 '어디 출신이냐'를 따지게 됩니다.

모든 현상이 시단의 책임인 것만은 아니겠지만, 사회 흐름 속에서 능동적으로 대처하지 않은 시단의 책임이 없다고는 할 수 없을 것입니다. 시인의 본연의 임무는 세상의 비좁고 경직된 틀에 균열을 내고 구멍 난 삶의 빈틈을 채워주는 일일 것입니다. 이는 선택받은 몇몇만 실천할 수 있는 일은 결코 아닐 것입니다. 시의 본질에서 벗어나지만 않는다면 저마다 자신이 있는 곳에서 실현할 수 있는 가치일 것입니다. 그렇다면 세상은 등단제도라는 협소한 문으로 시인을 골라내는 데 힘쓸 게 아니라 시인의 가능성을 지닌 사람들을 적극적으로 길러주는 데 힘써야 할 것입니다.

시인의 자질을 갖춘 사람은 등단제도와 무관하게 결국엔 시인으로 살아갈 것입니다. 따라서 자신이 바라는 바가 사회로부터 인정받은 소수의 시인이 되는 것이 아니라면 등단을 둘러싼 모순들을 굳이 몸소 체험할 필요는 없을 것입니다. 어디든 자신의 시를 펼칠 곳을 찾아내서 시 쓰기를 지속 발전하는 것이 그가 시인인지 아닌지를 판가름하는 일이 될 수 있을 뿐입니다. 시인을 증명하는 것은 그가 가진 이름이 아니라 그가 보여주는 행동에 있다고 할 것입니다.

9. 무엇을 위해 시를 쓰는가

우리는 왜 시를 쓸까요. 구체적인 이유야 각기 다르겠지만, 시가 언어라는 한계를 뛰어넘는 언어행위인 것처럼, 우리 또한 우리를 둘러싼 규범체계와 시스템의 한계를 넘어 삶을 더 자유롭고 의미 있게 영위하고 싶은 마음이 시를 쓰는 근본적인 이유가 될 것입니다. 우리가 등단을 하거나 출판을 하고 사회적으로 시인으로서 공인받길 원한다 해도 그것은 본래 시를 쓰고자 했던 동기에 비추어 보면 부수적인 이유들일 것입니다. 때로는 그러한 부수적 목적들이 본질적인 동기보다 우세해지는 때도 만나게 되긴 하겠지만, 결국엔 시간이 지나고 나면 시를 처음 쓰기 시작했던 때의 마음으로 돌아오게 되겠지요.

아마도 어느 때엔가 초심을 잃게 되었을 때를 위하여 여기에 몇 가지 이야기를 남겨봅니다.

우선 시를 읽는 사람들의 마음에 대한 이야기입니다. 우리가 쓰는 입장에 있다면 읽는 입장에 있는 사람들은 어떠한 마음에서 시를 읽게 될까요. 표현의 아름다움이나 절묘한 감수성 같은 심미적 차원에서 시를 읽는 것일까요. 그러한 독자도 있기는 하겠지만 미적 만족만을 위해 시를 읽는 사람은 많지 않을 것입니다. 그 본질적인 동기에서는 시를 쓰는 사람의 마음과 크게 다르지 않을 것으로 보입니다. 직접 써내려가지는 못하지만 다른 시인의 작품을 통해서 어떻게든 삶을 더 나은 것으로 만들어 가고자 하는 마음일 것입니다.

시가 시인의 삶에서 비롯된 진실한 흔적인 만큼, 독자는 자기 삶의 진실을 찾아가기 위한 단서로서 시를 읽을 것입니다. 직접적인 이야기든 간접적인 이야기든 시가 아니면 들을 수 없는 진솔한 이야기는 독자가 삶을 외면하지 않고 속이지 않고 가리지 않고 대면할 수 있도록 도와줄 것입니다. 누군가는 자신의 발전된 삶을 위해서 시인의 진실함을 찾을지 모르나, 어떤 이들로서는 위태롭고 절박한 심정에서 더 절망하지 않기 위해 시인의 진실함을 구할 수도 있을 겁니다.

그러한 독자는 비록 소수일지라도, 시인은 바로 그런 단 한 명을 위해서 시를 쓸 수 있는 사람이어야 할 것입니다. 그러한 단 한 명의 삶을 위로해줄 수 있는 것은 이 세상에 시인이 유일할지 모르기 때문입니다. 모든 시인이 모든 독자를 위로할 수는 없어도 어떤 시인은 어떤 독자에게 너무나도 소중한 존재입니다. 누구에게도 꺼내지 못했던 자신의 진심을 시집 속에서 마주하게 되었을 때, 독자는 자신의 삶이 혼자가 아니었다는 존재의 위안을 얻게 됩니다.

어떤 시인의 시도 서로 같지 않다는 사실이 오히려 시를 의미있게 합니다. 모두를 위한 이야기의 틈 속에서 외로워하는 사람에게는 어느 한 사람만의 이야기가 필요합니다. ‘모두’는 그 ‘누구’도 아니기 때문입니다. 모두에 대한 이야기는 때로 삶의 빈틈만을 커다랗게 벌려 놓습니다. 어떤 사람들은 그 ‘모두’에 가까운 삶을 살아서 그것들로도 삶이 채워지는 경험을 합니다. 하지만 그렇지 않은 사람들은 오히려 자신의 삶이 다수의 삶과 다르다는 사실을 확인하게 되면서 사회와의 거리감만을 경험하게 될 수 있습니다. 누구든 자신의 입장을 대변해줄 곳을 찾을 수 없는 상황에 놓이게 되면 결국 스스로 삶을 의심하고 그 가치를 절하하는 과정을 밟게 됩니다.

시인이 누군가의 구원자를 자처해야 하는 것은 물론 아닙니다. 자처한들 그렇게 될 수 있는 일도 아니니 말입니다. 그러나 시인이 가진 목소리는 누군가의 삶을 일으키는 커다란 촉매가 될 수 있음을 시인은 충분히 알고 있어야 합니다. 시를 읽는다는 것은 단순히 문자를 소비하는 행위가 아닌 것입니다. 시에는 진실한 목소리가 담겨 있고 사람들은 그 목소리를 기대하고 시를 읽으며 시를 찾는 사람은 어느 단계의 마지막에 이르러 있을 수도 있습니다. 시를 쓰는 사람은 적어도 그들을 저버리지는 않도록 해야 하는 것입니다.

자신의 능력을 뽐내거나 정신을 자랑하거나 지적 놀이를 위해 시를 쓴다면 누군가는 분명 큰 배신감을 느끼게 될 것입니다. 시인으로서는 다른 누군가가 아니라 자신을 위해 시를 쓰는 것이겠지만, 시가 혼자만의 장식물이 아니라 독자와 함께하는 공적 작품이라는 점을 고려하면 독자에게 미칠 영향을 무시할 수는 없는 일일 것입니다.

그러면 처음의 물음으로 돌아가서, 시인은 왜 시를 쓰는 것일까요. 단순히 자신의 능력을 인정받고 자신의 가능성을 실천해보는 데에 그치는 것이었다면 굳이 시가 아니어도 무방했겠습니다. 읽어도 그만 안 읽어도 그만인 시를 쓰고자 시인이 된 사람은 없을 테니 말입니다. 자기 삶의 진실을 그렇게 열심히 찾아다니고 표현하려 애썼던 까닭은, 결국 그것이 다른 사람들의 삶에서까지 진실이 된다는 것을 알았기 때문이라 해야겠습니다.

시가 일회적이고 반사적인 표현행위 이상의 것이라는 점을 생각하면 우리는 단순히 나 자신만의 마음을 해소하기 위해서 시를 쓰지는 않는다고 할 것입니다. 또한 사회적으로 인정받는 성과를 위해서라면 노력에 비해 돌아오는 것이 적은 시보다는 다른 분야가 나았을 테니 그 또한 시를 쓰는 적절한 까닭으로 여기기는 어려울 것입니다. 개별적으로는 무엇을 위해 시를 쓰든, 우리는 우리 삶이 마주하는 모든 순간들 속에서 스스로 더 진실해지고, 함께하는 사람들과 더 섬세한 소통을 시도하기 위해 시를 쓴다는 점을 기억할 수 있을 것입니다.

만약 시를 쓰는 일에 슬럼프가 온다면, 자신이 무엇 때문에 시를 읽고 써왔었는지 그 마음을 천천히 돌아봐 주십시오. 혹여나 시에 대한 마음이 떠난 것이라면 그간의 순간들을 소중하게 간직해 주시고, 그렇지 않다면 본래의 마음을 한 번 되새겨 주십시오.

- 시 쓰기의 지속과 성취에 관하여 -

1. 재능과 시 쓰기의 관계

세상엔 노력으로 감당할 수 없는 영역이 있지요. 굳이 직접 좌절을 경험해보진 않았을지라도 예술에서 재능이 중요하다는 것은 누구나 인정하는 부분일 것입니다. 최정상에 있는 사람이 대부분의 영광을 독차지하는 구조이기 때문에 아이러니하게도 예술 분야만큼 치열하고 가혹한 분야도 없으니 말입니다. 그래서 상당한 비범함을 갖고도 일찍이 예술 대한 마음을 단념하게 되는 사람들이 있습니다. 사회 인식적으로도 예술이란 최고가 될 수 없으면 시작도 하지 말아야 할 것처럼 여겨집니다. 하지만 우리는 예술에 대한 그런 시선에 한 가지 잘못된 이해가 숨어 있다는 것을 주목해봐야 합니다.

사람들은 예술에서 유독 재능을 따지지만, 사실 '예술'에 재능이 필요한 것이 아니라 예술로 '경쟁'하는 일에 재능이 필요한 것입니다. 예술을 한다는 것과 예술로 경쟁을 한다는 것은 전혀 별개의 일입니다. 예술은 자신이 발견할 수 있는 고유한 가치를 표현해나가는 일이고, 경쟁은 서로 같은 영역에서 다른 사람보다 우위를 점하기 위해 겨루는 일입니다. 예술을 하는 것과 예술로 경쟁하는 것을 혼동한다면, 그 사람은 달리기는 오로지 달리기 선수만 해야 하고 노래는 오직 가수만 불러야 하며 공부는 오직 학자나 선생님들만 해야 한다고 생각하는 것과 같습니다.

물론 운동으로 경쟁을 하려면 운동선수가 되어야겠지만, 운동은 선수들만 하는 것은 아니고, 선수처럼 운동하지 않아도 운동의 효용을 볼 수 있다는 것은 누구도 모르지 않을 것입니다. 예술로 경쟁을 할지 말지는 예술을 하고 난 다음에 선택하는 일이지, 예술의 시작부터 그 최종 목적지를 따져야 하는 일이 아닌 것입니다. 어째서인지 예술은 꼭 '모 아니면 도'밖에 없는 분야처럼 인식됩니다. 투철한 예술가들이 존경받는 것은 마땅한 일이지만, 예술을 하는 모든 사람이 숭고하고 위대한 예술가가 될 필요는 없습니다. 오히려 예술은 무조건 끝장을 봐야한다는 생각이 예술의 영역을 척박하게 합니다. 자신의 예술을 속이고 과장하는 것은 문제가 되지만, 저마다의 환경 속에서 소소하거나 적당한 단계에서 예술을 수행해 나가는 것은 충분히 지향할 만한 일입니다.

누군가는 그럼 이렇게 말할지 모릅니다. 그것은 예술이 아니라 취미가 아니냐고요. 당연히 아닙니다. 만약 그러한 생각을 갖는 사람이 있다면 예술이 얼마나 우리들에게 오해되고 있는지 그 사회의 실태를 말해주는 표본이라고 할 것입니다. 취미는 그 일이 즐거운 선까지만 하고 멈추는 일이지만, 예술은 깊이를 계속 더하기 위해서라면 어려움과 고통스러움까지도 기꺼이 자처하는 일입니다. 취미는 기존에 존재하는 것들을 반복하는 방식으로 이루어지는 행위이지만, 예술은 기존의 것을 벗어나 새로운 방식을 고안해가는 행위입니다. 만약 어떤 사람이 취미를 이와 같이 행하고 있었다면 그것은 사실 예술을 실천하고 있던 것이지 취미에 머무르고 있는 것은 아닙니다.

또한 예술과 일을 혼동해서도 안 될 것입니다. 예술은 그 자체가 목적이 되는 것이지만 일은 그 자체가 목적이 아니라 그 일로부터 얻게 되는 성과를 목적으로 하는 일입니다. 성과가 사라지면 일은 중단되지만 성과가 사라져도 예술은 중단되지 않습니다. 사람들은 예술을 예술로 보지 못하고 예술이라는 형태를 빌린 일로 봅니다. 그래서 예술을 그저 피곤하고 까다로운 일로 여기거나, 예술로 일할 수 없는 사람은 예술을 수행할 수 없다고 생각합니다.

만약 이러한 사실을 알고 있음에도 예술을 단념한다면, 그것은 예술을 하는 동안 줄어드는 시간과 기회로 인해 다른 영역에서 얻을 수 있는 결과물이 줄어들기 때문일 것입니다. 우리에게는 먹고 사는 문제도 중요하기 때문에 자유롭게 예술을 향유하기란 어려운 일일 것입니다. 돈이 되지 못하는 예술이 쉽게 중단되는 이유도 바로 여기에 있고, 예술을 일이나 경쟁의 영역에서 바라보게 된 것도 여기에 있다고 할 것입니다. 그러나 누구든 자신의 상황과 조건에 맞게 예술을 행하면 충분하지, 무리하게 예술의 규모를 키울 필요는 없겠습니다. 그건 굳이 예술에 대해서만이 아니라 일이나 소비 생활에서도 마찬가지일 것입니다. 사람들은 경쟁하는 습관 때문에 무조건 크고 경쟁력 있는 행위만을 해야 한다는 강박을 갖는지도 모릅니다. 그러나 예술은 본디 틈새에서 이루어지는 행위이지 다른 행위를 대체하는 행위는 아닙니다.

예술은 생각보다 많은 시간과 비용을 치르지 않고도 실천 가능합니다. 물을 마시기 위해 물 잔을 드는 동작에도 리듬과 선율이 결합된다면 춤이 될 텐데, 그 춤을 위해서 물을 하루에 8잔보다 더 마셔야 하는 것은 아닙니다. 자꾸만 경쟁을 하려고 하고 결과물의 크기를 키우려고 하니 일을 대체하게 되고 비용은 커다래지는 것입니다. 꽃은 뒷산에도 피어나며 뒷산을 오르는 데 최고급 등산화가 필요하지는 않습니다. 올림픽에 나가 수영할 것이 아니면 마트에서 파는 수영복도 충분합니다. 기타를 연주하는 데 필요한 것은 기타이지 장인이 만든 기타가 아닌 것입니다.

예술을 바라보는 기성 시각으로부터 자유로워질 필요도 있습니다. 가령 미술하면 사람들은 회화밖에는 떠올리지 못하는 것이 일반적입니다. 그러나 미술은 그림, 건축, 공예, 서예 등을 포함하는 용어입니다. 회화는 평면 위의 시각을 중심으로 하지만, 조각은 형태를, 건축은 공간을 중심으로 합니다. 물감과 붓에 얽매일 필요 없이 모래사장의 모래를 쥐어다가도 할 수 있는 것이 미술이고 예술인 것입니다. 경쟁을 하려면 공인받은 방법을 택해야 할지는 몰라도, 예술을 하려는 것이면 당장의 일상에서 내 손에 닿는 것으로도 이루어갈 수 있으며, 나를 표현한다는 것은 꼭 기성의 방식만을 활용해야 할 필요나 당위는 없다고 할 것입니다. 예술에 대한 협소한 시각은 사막에는 모래밖에는 없다고 생각하도록 만듭니다. 하지만 그 시각을 넓히고 보면 사막에도 동물이 있고 식물이 있고 생태계가 있음을 알게 됩니다. 예술을 시작하기가 어렵다면 그것은 사막에서 오아시스만을 찾고 있었기 때문은 아닌지 스스로 점검해봐야 하는 것입니다.

예술이 곧 사회적인 성취로도 이어진다면 분명 좋은 일이기는 할 것입니다. 어떤 행위로부터 명확한 보상을 받을 때 우리는 만족감을 느끼고 동기를 얻게 되며 행동을 강화하게 되기 때문입니다. 경쟁이라는 것은 꼭 승부를 보기 위해서가 아니라 그 예술 자체를 위해서도 어느 정도는 필요한 일이기는 한 것입니다. 그러나 '일을 통한 보상'과 '예술을 통한 보상'은 서로 다른 논리회로에서 이루어져야 합니다. 예술을 통해 얻는 보상과 만족이 일에서 얻는 것들과 별반 다르지 않다면, 누구든 예술을 하기보다는 차라리 일에 몰두하는 것이 나을 것입니다. 왜냐하면 그 사람은 예술을 하더라도 고통 속에서 행하다가 금방 좌절하게 되고 포기하게 될 것이기 때문입니다.

어떤 사람이 성과에 관계없이 예술을 지속하고 있다면, 그건 필시 그 사람만의 성취체계와 보상체계가 마련되어 있다는 것을 의미하는 것입니다. 예술 행위가 창조적인 만큼 그 행위를 통한 보상회로도 창조적이라는 것을 아는 사람은 그리 많지 않습니다. 아무리 가치 있는 작품을 만들어도 일반적인 일의 보상회로를 가지고 있는 사람은 그 예술행위로부터 큰 만족을 느끼기는 어려울 것입니다. 우리는 예술에서 재능보다도 자신이 기성사회의 성과체계 이외에 어떤 만족회로를 가지고 있는지를 살펴보아야 하는 것입니다. 아직 자기만의 고유한 성취 만족 시스템이 없다면 그것을 만들거나 발굴할 수 있는지를 점검해봐야 합니다. 그것의 가능 여부가 예술을 할 수 있는가 없는가를 판가름하는 일이 될 수 있을 뿐, 예술로 사회적인 성공을 이룰 수 있는가 없는가가 예술을 하고 못하고를 나누는 것은 아니라고 할 것입니다.

예술은 경쟁이 아니라 고유 가치를 실현하는 일입니다. 그가 먼저 예술로 경쟁의 장으로 뛰어들지 않는 한, 그의 예술을 재능으로 가로막을 사람은 없습니다. 누가 더 뛰어난 재능과 자본을 가지고 있든, 저마다의 입장에 따라 표현하고자 하는 고유 가치의 모양과 크기는 다릅니다. 예술이란 비교를 무의미하게 만드는 일입니다. 고유성에는 '남보다 더'나 '남보다 덜'이라는 말이 없습니다. 그 고유성을 얼마나 잘 발굴하고 표현해냈는가가 예술의 가치를 좌우할 따름입니다. 따라서 자신에게 재능이 있는지 없는지에 대한 고민은 접어두고, 자신이 발굴할 수 있는 고유함은 무엇이며 현재 그것을 얼마나 잘 실현해내고 있는지를 고민해야 하는 것입니다. 예술에 재능이 필요하다고 한다면 그것은 남과 겨룰 수 있는 힘을 의미하는 것이 아니라, 자신의 고유함을 얼마나 잘 감지할 수 있는가에 대한 감각을 의미할 것입니다. 감각이 좋으면 좋은 작품을 빨리 내기는 하겠지만, 빨리 낸들 남과 겨룰 것이 아닌데 무슨 의미가 있을까요.

시 또한 그렇습니다. 지금 당장 문학에 서툴다고 시를 쓸 수 없는 사람이란 없습니다. 다른 시간에 다른 시를 쓸 수 있는 사람들이 있을 뿐입니다.

2. 기분 좋은 글쓰기를 위한 3가지 태도

글을 쓰는 순간에 우리는 어떤 태도를 가지고 있는 것이 좋을까요. 어떤 이유로 글을 쓰고 있는가에 따라서 필요한 태도는 조금 달라질 수 있습니다. 그러나 글을 쓰는 그 '순간'에 초점을 두었을 때 우리가 더 나은 기분을 가지고 무사히 글쓰기를 마칠 수 있도록 해주는 태도란, 간단히 3가지로 이야기해볼 수 있을 겁니다.

첫 번째는, 자신의 글이 누군가를 속이고 있진 않은가 돌아보는 태도입니다. 이때의 '누군가'에는 가장 먼저 그 글을 쓰고 있는 자신이 포함됩니다. 우리는 독자가 꼭 타인일 것이라 생각하지만, 내가 쓴 글을 가장 먼저 읽는 사람은 사실, 바로 나 자신입니다. 인터넷 신문기사나 광고들의 자극적이고 낚시성 있는 제목과 내용들을 좋아하는 사람은 없을 것입니다. 실제와는 다른 기대로 사람들을 끌어오는 행위가 누군가를 속이고 기만하는 행위로 느껴지기 때문입니다. 마케터들은 오히려 이런 글을 쓰기 위해 노력하기도 합니다. 그러나 누군가를 속이는 일이 그 본인에게 편안함이나 만족감을 주기는 어려울 것입니다. 당장은 그러한 글들이 성과에 도움을 줄지 모르지만 자신의 일상적 사고에까지 그런 거짓과 과장이 스며들고 나면 스스로가 먼저 피로와 진저리를 느끼기 시작할 것입니다.

글이 독자에게 미치는 영향을 고민하기 전에 먼저 그 글이 자신에게 미치는 효용은 무엇인지에 대해 고민하는 습관이 필요합니다.

독자는 어쩌다가 내 글을 한두 개 읽게 될지 모르지만, 글을 쓰는 나는 내 글을 쓸 때마다 읽게 됩니다. 내 글에 가장 큰 영향을 받는 것은 다름 아닌 '나'라는 생각을 갖고 있다면, 자신이 동의하지 않는 생각을 쓰거나 실제보다 과장하는 말로 이목을 끄는 데 집중하는 등, 내 심리 상황과는 전혀 무관한 글을 쓰지는 않게 될 것입니다. 글의 진정성이란 타인으로부터 평가받는 덕목이기 이전에 스스로가 겪고 체험하게 되는 효용의 문제인 것입니다.

독자를 속이지 말아야 하는 까닭에 대해서는 이미 모두 알고 계실 것입니다. 속여서 이끌어낸 반응은 공허함을 남기고 거짓은 언젠가 밝혀지기 마련이며 예리한 독자들은 이미 무엇이 거짓말인지 다 알고 있기 때문이겠습니다. 신뢰를 잃은 글은 쓰일 곳을 잃게 될 것입니다. 남들의 눈치를 보면서 글을 쓰고 싶지 않다면 스스로 속임 없는 글을 써야 함은 당연한 일일 것입니다.

두 번째 태도로는, 대박을 바라지 않고 쓰는 태도입니다. 가령 영화감독이 대박 영화를 바라고 영화를 찍으면 분명 배우들이나 제작진들에게 무리한 요구를 하게 되기 시작할 것입니다. 촬영장은 분위기가 살벌해지고 굳어 있으며 배우들은 실수를 연발하고 위축될 것입니다. 촬영 세트나 장비들로 인한 안전사고가 나지 않으면 그나마 다행일 겁니다. 무사히 모든 촬영을 마치더라도 같이 영화에 참여했던 사람들로부터 연락이 끊기고 평판이 나빠져서 이후에 영화 찍을 때 문제가 생길 수도 있을 것입니다. 이와 같은 장면이 자신의 내면 안에서 이루어진다고 생각해보십시오. 대박을 바라고 글을 쓰는 태도가 자신에게 어떤 영향을 미치는지 쉽게 이해하실 수 있을 것입니다.

천 만 영화가 고사를 지낸다고 이루어지는 것이 아닌 것처럼,

글 또한 대작을 바란다고 대작이 쓰이는 일은 없습니다. 오히려 대박 혹은 대작이란 자신의 본분이 무엇이며 어떠한 동기와 목적에서 이러한 글을 쓰고 있는지에 대해 충분한 이해가 이루어졌고, 또 그에 가장 잘 부합하는 글을 썼을 때에야 이루어지는 것이라 할 것입니다. 당초 글을 쓴다는 일에서 대박이란 어떤 것인지에 대해서도 생각해봐야 할 문제입니다. 파급력이 강하고 그만큼 많은 피드백을 불러와 부수적 성과물까지 안겨주는 것이 그 대박이라고 할 때, 글 하나로 세상이 바뀐 일은 어디에도 없었음을 떠올리면 우리가 추구해야 할 대박이나 대작이 무엇인지에 대한 적정한 수준을 가늠하실 수 있으실 것입니다.

매 글쓰기마다 딱 한 걸음만큼의 성취를 바라는 것이 우리의 글쓰기를 현실적으로 더 멀리까지 지속시켜 주는 방법이 될 것입니다. 발자국 하나하나를 꾹꾹 내리 밟으며 걸어온 길이 이어지고 이어져 하나의 선명한 줄기가 되어 있을 때, 우리는 비로소 바라지 않아도 느낄 수밖에 없는 커다란 성취와 만족을 경험하게 될 것입니다. 밤하늘의 달 하나보다 무수한 별들이 이루는 은하수가 글쓰기가 우리에게 선사해주는 대박의 방식이라고 할 것입니다. 내일의 몫을 남겨두고 긴 호흡을 유지해가는 것이 바람직하고 즐거운 글쓰기 자세가 되는 것입니다.

그리고 세 번째 태도는, 스스로의 글쓰기를 믿고 매 순간 충분히 격려하는 태도입니다. 글쓰기는 채찍질보다는 신뢰와 기다림 속에서 성장하는 새싹입니다. 자라는 모양이 예쁘지 않다고 매번 이파리를 따버리면 자칫 그 새싹 자체가 시들어버릴지 모릅니다. 가지를 다듬으려면 일단 나무가 된 뒤에 해야 할 일입니다. 나무가 되었어도 충분히 자라지 않은 나무는 모양 그대로 크도록 해주어야 할 것입니다. 아직 어떻게 클지 모르는데 교정하기 바쁜 것은 과도기에 있는 청소년 아이를 보고 자꾸 부족하다고 다그쳐 비뚤어지게 하는 것과 비슷합니다. 사람이고 식물이고 글쓰기고 항시 고르게만 성장해나가는 것은 없습니다. 삐뚤빼뚤 성장을 하고 보니 고른 모습이 될 수 있을 뿐입니다.

글은 매 순간의 용기와 격려가 필요한 일입니다. 했던 것을 반복하는 일이 아니라 매번 새로운 것을 새로운 순간에 시작하는 일이기 때문입니다. 글 쓰는 사람치고 스스로의 글을 과신할 수 있는 사람은 많지 않을 것입니다. 대개는 항상 자신의 부족함이 드러나지 않을까 조심스럽고 어딘가 고치지 못해서 안절부절 못하는 경우가 대다수라 할 것입니다. 누가 다그치지 않아도 스스로를 계속 다그치고 수정하려고 애쓰고 있을 상황이라는 것입니다. 그런 상황에서 격려 좀 받는다고 만용을 부리는 글은 세상에 태어나기 어렵습니다. 부족한 부분은 어차피 누군가로부터는 전해 듣게 될 것입니다. 자기점검 이상의 비판은 타인의 몫으로 남겨 두고 우리는 스스로를 충분히 믿어주고 칭찬해주어야 합니다.

때로는 글을 쓰는 일에 회의감이 들고 부질없다는 생각이 들 때도 있을 것입니다. 그러나 그 글이 어떤 의미를 이루게 될지 쓰는 중에는 알 수 없는 일입니다. 설령 쓸모없는 글이 될지라도 글을 쓰는 행위 자체는 언제나 적극적이고 능동적인 삶의 행위 중 하나임을 기억해야 합니다. 글쓰기가 거쳐 가는 행위가 되든 최종적인 목표 행위가 되든, 우리가 삶에 대하여 멈추지 않고 있다는 사실만으로 그 행위는 충분히 격려 받을 가치가 있는 것입니다.

글은 성취보다 지속이 항상 관건인 분야입니다. 말씀해드린 세 가지 태도만 잘 품고 계셔도 글 쓸 때 좋은 기분을 유지하실 수 있으실 겁니다.

3. 개성은 어떻게 찾아야 하는가

예술에서 개성은 중요합니다. 개성이 없는 예술은 누구든 흉내 낼 수 있는 '기술'로 전락하기 때문입니다. 기술은 놀라움은 줄 수 있지만 감동을 주지는 못합니다. 그림 화법을 학습한 AI가 있을 때 그 AI가 그린 그림에서 감탄을 하는 사람은 있어도 감동을 느끼는 사람은 아마 없을 것입니다. 우리가 반 고흐의 그림에서 감동을 느끼는 이유는 그 그림에서 그의 삶이 느껴지기 때문입니다. 우리가 김광석의 노래를 좋아하는 까닭도 그의 목소리에서 그의 삶이 녹아나오기 때문입니다. 우리가 개성을 운운하면서 어떤 것의 형식이나 스타일을 따지는 것은, 단순히 그것의 모양 때문이 아니라, 그것이 세상을 살아가는, 혹은 세상에서 존재할 수 있는 한 가지 방식이기 때문입니다. 삶이 없는 AI에게서 우리는 감동의 여지를 발견할 수 없습니다. 예술이라는 착각은 잠시 들지 모르지만, 예술은 삶과 삶이 통하는 과정입니다. AI가 개성을 가진다고 해도 그것은 설정된 모양일 뿐, 삶을 토대로 두고 있지 않음을 금방 알아차리게 될 것입니다.

개성을 갖기 위해 많은 사람들이 노력하지만 사실 개성이 없는 사람은 없습니다. 삶이 있는 것들은 모두 개성을 가집니다. 동물에게도 개성이 있습니다. 개성이 없어서 개성을 표현하지 못하는 사람은 없습니다. 단지 진실하지 못했거나 어떤 틀에 사로잡혀 있었을 때 발휘되지 않는 것뿐입니다. 규범이나 규율이 강할수록 개성은 멀어집니다. 정해진 태도와 규정된 삶에 익숙해질수록 고유의 삶이 희미해지는 탓입니다. 우리가 최대한 편안하고 자연스러울 때 개성은 발휘되며, 스스로가 스스로의 삶을 직접 움직일수록 개성은 강해집니다. 자신의 시가 남의 것과 구분이 잘 되지 않는다면, '시란 무엇이다'라는 인식이 너무 강했거나, 자신의 현재 삶이 타인의 삶과 별로 구분되지 않고 있었거나 크게 그 둘 중 하나입니다.

개성을 찾기 위해서는 자신에게 집중할 수 있는 시간이 필요합니다. 남과 똑같은 집에 살고 똑같은 옷을 입고 똑같은 음식을 먹으면서는 개성이 찾아지지 않습니다. 의식주부터 사회의 기준이나 남이 좋다고 하는 것이 아니라 내가 추구하는 것, 내게 어울리는 것, 내가 취할 수 있는 것들을 찾아가야 합니다. 이슈가 되는 것들을 이리저리 쫓아다니기보다 내게 맞는 것을 향하여 일관적으로 움직여야 합니다. 무슨 스타일의 시가 유행이니 어떤 식으로 쓴 것들이 당선이 되니 하는 것들을 좇는 것은 뒤늦은 소문을 듣고 주식시장에 뛰어드는 것과 비슷합니다. 일부 민첩한 사람들 빼고는, 대개 자신의 시가 그렇게 될 즈음엔 이미 그런 시들은 다 저물어서 또 다른 유행에 뒤처지고 있을 확률이 높습니다.

현재의 내 모습이 내가 원하는 모습이 아닌 줄은 알겠으나 어떤 모습이 내게 맞는지는 도저히 모르겠는 때도 있을 것입니다. 이때는 세상과 삶에 대한 데이터가 모자란 상태이니 무엇이 더 옳고 그르다는 생각을 비워둔 채로 다양한 것들을 겪고 탐험해보는 것이 좋습니다. 그 체험 속에는 나와는 맞지 않는다고 생각했지만 의외로 나와 잘 맞는 것이 있을 수도 있고, 내가 바라는 것이라 생각했지만 알고 보니 바라지 않던 것이 있을 수도 있습니다. 시를 쓴다고 시만 읽을 것이 아니라 소설은 물론이고 그림, 음악, 철학, 과학, 체육 등 벽 없이 모든 분야를 체험해볼 필요도 있습니다. 의외의 분야에서 내 시의 스타일에 대한 힌트를 얻게 될 수 있기 때문입니다.

세상과 삶에 대한 시야가 넓어질수록, 내가 세상의 아주 작은 한 사람에 불과했다는 것을 알게 될수록 개성은 더 뚜렷해지기 시작할 것입니다. 개성은 남에게 없는 것을 찾는 것이 아니라 나에게서 도드라지는 것을 찾는 것이므로 어떤 사람과는 일부분 비슷하다는 것도 발견하게 될 수 있습니다. 개성은 특이함이 아니라 그 자신에게 가장 적합한 형식의 원리를 의미하므로 누군가와 비슷하다고 걱정할 필요는 없습니다. 완전히 똑같은 모습은 존재할 수 없으므로 자신의 고유한 위치를 알고 있다면 비슷하다고 뒤섞이기보다 비슷해서 도드라지게 될 것이기 때문입니다. 또한 개성은 독립된 개별 요소들로 존재하는 것이 아니어서 인위적으로 빼거나 더할 수 없습니다. 누가 흉내 낸다고 흉내 낼 수 있는 것이 아니니 혹시나 빼앗길까봐 걱정할 필요도 없겠습니다.

구체적으로 자기 시의 개성을 찾아가는 방법으로 다음과 같은 방법을 참고해볼 수도 있습니다. 정독하기에 무리가 없는 시집 한 권을 먼저 천천히 꼼꼼하게 읽습니다. 그리고 떠오른 영감 등을 바탕으로 시를 한 편 적습니다. 그렇게 적힌 시는 정독한 시집의 스타일을 어느 정도 빌려왔을 확률이 클 것입니다. 만약 자신이 그동안 읽은 시집이 별로 없었다면 아직은 베껴 쓰기에 지나지 않을 수도 있지만, 개의치 않고 또 한 권의 시집을 골라 정독합니다. 시집을 다 읽으면 또 한 편의 시를 편하게 씁니다. 이번에도 새롭게 읽은 시집의 스타일이 어느 정도 묻어났을 확률이 클 것입니다. 그러나 저번에 쓴 시와는 다르게 베꼈다는 느낌이 덜할 것입니다. 이와 같이 남의 스타일을 입히고 벗겨내고를 반복하다 보면 결국에 나의 스타일만 남게 되는 것을 발견하게 될 것입니다.

4. 시에서 긴장감을 유지하는 법

시에서 표현되는 모든 글자, 심지어는 띄어쓰기나 문장부호까지도 허투루 쓰이는 것은 없지요. 글 자체는 짧은 만큼 고르고 골라서 넣지 않으면 긴장감이 풀어지기 때문일 겁니다. 작품에서 긴장감이라는 것은 그 작품이 시시해지느냐 시시해지지 않느냐를 판가름하는 기준이 되겠습니다. 가령 우리가 드라마나 영화를 볼 때, 뻔한 장면이 예고된다거나 어떤 장면이 이미 충분한데도 자꾸 지속 연출 되고 있다든가 자꾸 내용이 질질 끌리면, 몰입이 풀리는 것을 느끼게 됩니다. 긴장도가 떨어진다는 건 바로 이것을 의미하는데, 시를 쓰는 사람들은 단순히 독자를 잡아두기 위해서만이 아니라, 의도한 의미를 온전히 전달하고 확장된 이해까지 독자들을 유도하기 위해서 시의 긴장을 유지시킬 필요가 있습니다.

시는 긴장의 언어라고 이야기 합니다. 긴장감이 없는 표현들은 시에 적합하지 않다는 의미입니다. 물론 일상적 언어가 쓰여선 안 된다는 것은 아닙니다. 긴장이란 느슨해져도 안 되지만 너무 과해져도 안 되기 때문입니다. 완급을 조절하기 위해서라도 시어는 일상 언어와 항상 함께 쓰입니다. 긴장을 올리는 데만 집착한 시는 아예 접근이나 이해 자체가 불가능해서 스스로 갇혀 있는 시가 되어버립니다. 시가 긴장의 언어라고 긴장감만을 위한 언어는 아닌 것이지요. 더 효과적이고 깊이 있는 의미 전달을 위한 긴장이 아니면 차라리 풀어버리는 것이 훨씬 낫습니다. 시에 일상어를 쓰는 일을 너무 경계할 필요는 없겠습니다. 시가 긴장을 불러오는 방식은 개별 단어에 의해서라기보다는 다른 시어들과의 관계, 즉 위상학적 배열 속에서 이루어지는 것이기 때문입니다. 그래서 일부러 만든 긴장은 시적 긴장과는 관계가 없기도 합니다.

그렇다면 그런 긴장을 갖추는 데 참고할 만한 기준에는 무엇이 있을까요? 어느 정도가 과한 긴장이고 느슨한 긴장인지 어떻게 점검해볼 수 있을까요? 정확하고 구체적인 점검이야 그 시를 직접 놓고 보아야 하겠지만, 다음과 같은 점검 방법을 말씀드릴 수 있겠습니다. 자신이 누군가에게 꼭 필요한 말을 해야 하는 상황이라고 가정을 해봅니다. 그런데 그 누군가는 나를 매우 싫어하고 이유 없이 피해 다니는 불편한 사람입니다. 잘못 말을 걸었다가는 듣지도 않고 뒤돌아설 것이며 괜한 주의를 끌려고 했다가는 화난 얼굴로 쳐다보기만 할 것입니다. 기회는 한 번입니다. 이번이 아니면 그 말을 전달할 기회는 없습니다. 하지만 전달하지 않으면 안 되는 말입니다. 이때 자신이 고르고 고르게 될 간결하고 함축적인 말들을 상상해봅니다. 그리고 자신이 점검하려는 시가 그러한 말들로 쓰여 있는가를 확인해봅니다.

우리가 물론 우리를 싫어하는 사람에게 시를 보여줄 일은 별로 없을 것입니다. 그러나 우리를 좋아하는 사람이라면 어떤 시를 써도 반갑게 읽어줄 확률이 높기 때문에, 우리가 쓰는 시의 긴장감을 조절하기 위해서는 비교적 비호의적인 독자를 상상하는 것이 좋습니다. 그들은 언제나 평가할 준비가 되어 있고 돌아설 태세가 되어 있기 때문입니다. 때론 오해도 할 것이고 말입니다. 그런 그들을 붙잡을 수 있는 유일한 방법은, 그들 자신은 몰입하려는 노력을 하지 않았으나 자연스럽게 몰입하고 개입하게 되는 상황을 만드는 것뿐입니다.

물론 조금 긍정적인 상황으로 바꾸어 상상하셔도 괜찮습니다. 가령 자신이 유명 피아니스트인데 많은 사람들이 관객으로 올 예정인 것입니다. 그런데 그 관객들은 자유도가 높아서 언제든 자리를 나갈 의향이 있습니다. 즐겁지 않은 영화를 아깝다고 끝까지 보고 있을 사람들은 아닌 것입니다. 그런 사람들을 실망시키지 않을 만한 곡들을 준비하고 구성하는 것, 상황에 따라 약간의 변주를 이루는 것, 이러한 것이 피아니스트가 조절할 수 있는 긴장이라고 한다면, 시인이 시를 쓸 때 참고할 만한 긴장의 기준점 또한 이와 비슷하다고 할 것입니다.

혹시나 이쯤에서, 그럼 시인이 독자들의 비위를 맞추는 사람이 되어야 한다는 것이냐고 반발을 하실 분이 계실지도 모릅니다. 자기의 이름과 기대에 걸맞은 작품을 써내는 것도 비위를 맞추는 일이라고 한다면 그럴지도 모르겠습니다만, 글의 긴장이라는 것은 창작자보다는 수용자의 입장에서 헤아려져야 하는 요소입니다. 습작을 하는 사람들이 작품을 써서 다른 사람들의 눈으로 점검을 받는 것은, 타인들의 비위를 맞추기 위해서가 아니라 타인과 나를 연결하는 적절한 긴장을 조율하기 위해서입니다. 어쨌거나 상대가 내 이야기를 듣지 않으면 내가 시 속에다 무엇을 의도해놓았든 그 목적은 달성하기는 어려워질 것입니다. 표현이라는 것은 적어도 소통의 가능성이 열려 있을 때부터 유효해지는 것이니 말입니다. 물론 그 소통에 시간과 공간의 차는 있을 수 있겠지만 말입니다.

이외에도 자신의 시의 긴장감을 유지하거나 점검할 만한 지침으로는, 할까 말까 망설이던 말 중에 하고 나면 꼭 후회로 이어지던 방식으로 쓰인 말들을 골라내는 것이 있겠습니다. 해도 되고 안 해도 되는 말은 군말입니다. 그런 말은 원래 의도하고 집중했던 의미를 흩뜨려서 오해의 여지를 불러옵니다. 한 편의 시는 한 개의 중심점만을 가지고 쓰이는 것이 바람직합니다. 그 중심이 커다래서 다양한 것들을 포괄적으로 묶을 수 있는 것일 뿐, 중심은 언제나 하나입니다. '일문일사'라는 말이 있습니다. 문장 하나에는 한 가지의 생각(사건)을 담아야 한다는 말입니다. 만약 두 개의 생각이 있다면 두 개의 문장으로 나누어야 한다는 뜻입니다. 시도 그렇습니다. 띄엄띄엄 이것저것 다 써넣는다고 확장적이고 함축적인 시가 되는 것은 아닙니다. 두 편으로 나누어 쓸지언정, 한 편은 오직 한 가지 중심만을 지향해야 합니다.

어떻게 비유를 해보자니, 또 그런 생각도 가능해집니다. 한 쪽의 배우자나 이성 친구가 바람을 피우면 원래의 둘 사이에는 어딘가 모르게 달라진 감정선을 발견하게 되지요. 다른 이성과의 긴장이 새로 생겨나서 기존의 긴장이 느슨해지기 때문이겠습니다. 한 편의 시가 긴장을 잃고 있다는 건 이성관계로 치면 양다리를 걸치고 있거나 어장을 치고 있기 때문일지도 모르는 셈입니다. 자신이 집중해야 할 한 명에게 온 마음을 다할 때만이 그 둘 사이의 행복한 긴장이 유지될 수 있겠지요. 시 또한 잡다하고 산만한 감정들을 쳐냈을 때만이 긴장감 있는 시를 쓸 수 있다고 할 것입니다.

5. 남의 시와 내 시가 달라서 불안할 때

타인의 시와 내 시가 비슷해도 문제가 되겠지만, 반대로 남들의 시와 내 시가 너무 달라도 문제가 될 때가 있습니다. '내가 시를 잘못 알고 있는 것은 아닐까, 내가 시를 잘못 쓰고 있는 것은 아닐까'하는 불안한 마음이 생겨나기 때문입니다. 어떤 경우에는 이러한 불안감이 자신의 시를 더 나은 방향으로 발전해갈 수 있도록 도움을 주기도 합니다. 하지만 전혀 문제될 것이 없는 상황이었는데도 문제로 의식하는 바람에 자신의 고유한 방향에 혼란을 주게 될 때도 있습니다.

잠시 그림의 경우로 빗대어 이야기하자면, 우리가 익히 아는 그림들도 '그림'이라는 범주 안에서 다양한 변화들이 이루어져 왔음을 알 수 있습니다. 어떠한 그림들은 대상을 객관적으로 똑같이 그리는 것을 그림의 정수로 생각했고, 어떤 그림들은 대상의 주관적인 느낌을 표현하는 것을 그림의 정수로 생각했습니다. 주제에 있어서 바깥세상의 일을 다루고 기록하는 것을 그림의 목적으로 본 사람들도 있었고 자신의 내면세계를 성찰하고 드러내는 것을 그림의 목적으로 본 사람도 있었습니다. 표현을 하는 대상에 있어서도 어떤 이들은 신화속의 고귀한 존재들을 그리는 데 몰두했었고, 또 어떤 이들은 우리 주변에서 실제로 볼 수 있는 평범한 사람들을 그리는 데 온 열정을 쏟았었습니다.

지금이야 지나온 역사의 과정에서 펼쳐진 모든 그림 형태들을 그림의 범주로 넣는 데 이상함을 느끼지 못하지만, 가령 사실주의 그림이 중심이 되던 시절에는 인상주의 그림들은 그림으로 평가받지 못했습니다. 전시회에 작품을 내는 일에서조차 거부를 당해 전시회를 열려면 맞는 사람들끼리 모여 사적으로 전시를 해야 했습니다. 결국 그것이 단순한 기교가 아니었음을 인정받아 미술 역사에 큰 흐름을 차지하게 되었지만, 그들로서는 처음에 남들이 그림이라 생각하지 않는 그림을 지켜가야 하는 불안감을 감내해야 했던 것입니다.

'시' 또한 시의 역사 속에서 무엇을 담느냐 어떻게 담느냐 하는 변화와 논의들을 거쳐 왔습니다. 가령 일제강점기 속에서 어떤 사람들은 우리 전통적인 민요풍 정서를 살리는 데 몰두했고, 또 어떤 이들은 새롭게 형성된 도시의 감성을 표현하는 데 몰두하기도 했습니다. 어떤 이들은 순수한 내면의 정신만을 시로 담기도 했지만, 또 어떤 이들은 일제강점기라는 현실을 빼놓고는 시를 쓰지 않기도 했습니다. 시에서 중요하다고 생각한 요소도 어떤 이들은 감수성의 극한이었고 어떤 이들은 이성의 결합이었으며, 아예 그러한 것들을 벗어나 무의식의 표현을 중요하게 생각한 사람도 있었습니다. 그리고 이들은 서로의 시에 대해 옳지 못하다는 생각을 갖고 비판했었지만 역사는 이들 모두의 시를 시로 받아주었습니다.

예술가든 시인이든 어떠한 개인은 그가 살아온 환경과 주관적인 관심사와 목적 등에 의해 다른 모양의 예술을 실천하게 됩니다. 단적으로 귀족 가문에서 자란 화가와 가난한 농민의 자식으로 태어난 화가가 같은 화풍 같은 지향점을 가지고 있을 리가 없습니다. 시인 또한 자신이 겪어온 삶에 기반을 두어 중요한 것과 중요하지 않은 것을 나눕니다. 어떤 시인은 은유나 암시에 집착하는 것에 거부감이 있을 수도 있습니다. 전하고자 하는 간절하고 절박한 메시지가 있는데 그 의미가 흐릿해지고 모호해지는 것이 답답하게 느껴질 수 있기 때문입니다. 반면 주목을 많이 받아왔거나 의사표현에 있어서 절박한 마음을 가져본 일이 없었던 사람일수록 상징적이고 은유적인 표현을 탐구하고 강화시켜 나가기 쉬울 것입니다.

어떤 시의 방향이 더 옳다고 이야기하는 것은 사실상 별 의미가 없습니다. 논쟁에 빠지기를 좋아하는 사람이 아니라면 자신이 옳다고 여기는 방향을 더 정제하고 갈고 닦는 것이 최선입니다. 사람들은 그의 이론에 의해 설득되지 않고 그가 보여준 작품으로 설득될 뿐입니다. 물론 대세라는 것이 있어서 자신의 시가 그릇된 것처럼 비추어질 때도 있을 것입니다. 그럴 땐 그저 자신의 시가 시의 본질에 부합하는지의 여부만 잘 분석해보면 될 것입니다. 작품의 실력이 모자란 것과 스타일이 다른 것은 별개의 문제이므로, 분석 결과 스타일의 차이뿐이 없었다면 전혀 불안해할 필요는 없을 것입니다. 내 시가 대세가 되지 못하는 것이 안타까울 수는 있겠지만, 천성이 록 가수인 사람이 아이돌 노래를 부를 수는 없는 일일입니다. 제3의 방법을 모색한다면 모를까 말입니다.

누구든 자신이 가진 진실을 지키고 살면 그뿐입니다. 세상이 주목하는 이슈에 나의 삶이 항상 포함되어 있지는 않을 수 있습니다. 세상이 어떤 이를 꼰대라고 할지라도 내가 힘들 때 도움이 되어준 사람이 그 사람뿐이었다면 그는 나에게 꼰대가 아닙니다. 세상이 집값 운운해도 당장의 쌀값이 더 큰 문제였다면 그에게 부동산은 그저 들리는 풍문입니다. 몽골 초원에서 생을 보낸 유목민에게는 첨단의 도시보다 초원이 더 반짝이는 공간입니다. 바닷가에서 산 사람은 바닷가에서 아름다움을 찾고 숲속에서 산 사람은 숲에서 아름다움을 찾습니다. 사람들이 무엇을 더 좋아하는가는 나뉠 수 있지만, 무엇의 진실이 더 소중한 진실인가는 나뉠 수 없습니다. 자신 안에서 바꿀 수 없는 천성들이 있다면 그것은 판단과 평가의 대상이 아니라 예술이 태어나는 출발점이라고 하겠습니다.

6. 글 쓸 때 찾아오는 위기

글을 쓰는 사람에게 찾아오는 최대 위기는 더는 글을 쓸 수 없게 되는 순간이 찾아오는 것일 겁니다. 단순히 지치고 싫증이 나는 순간은 몇 번이고 가볍게 찾아올 수 있습니다. 그러나 더는 글을 쓸 수 없는 지경이라는 건 필시, 글을 쓴다는 일에서 더는 특별한 의미나 가치를 느낄 수 없게 되었음을 뜻할 것입니다. 말하자면 글쓰기 인생이 끝나는 순간인데, 이것이 상징적인 의미에서만 끝나는 것이 아니라 정말로 한 생명의 끝을 보는 것과 같은 아픔과 상처를 남겨주기도 합니다.

글을 멈추게 되는 것은 의도했든 의도하지 않았든 반갑지 않은 상황입니다. 차라리 절필을 할지언정, 서서히 글을 쓰지 못하게 되는 순간은 누구도 맞이하고 싶지 않은 순간일 것입니다. 자신의 글이 전문적인 수준에 이르지 못했었다고 할지라도, 수많은 취미 활동 중의 하나가 멈추는 것과는 질적으로 다른 기분이 들 것입니다. 인간 생활의 가장 기본적인 욕구 중 하나인 의사표현의 욕구가 막히게 되는 셈이니, 플러스가 제거되는 것이 아니라 마이너스로 향하게 되는 일입니다.

그렇다면 글을 쓸 수 없게 되는 까닭에는 어떤 것이 있을까요? 당연한 이야기겠지만, 글을 쓸 만한 동기를 더는 가지고 있지 않기 때문입니다. 동기가 사라지는 데에는 초심을 잃어서일 수도 있고, 초심을 잃지는 않았지만 추구하던 그 가치가 더는 의미 있지 않아졌을 수도 있습니다. 일단 초심을 잃어버리는 경우는, 세상에 대해 몰랐던 욕망을 알게 되면서 글쓰기보다 추구하고 싶은 다른 것이 생겼거나, 글쓰기로 채울 수 없는 욕망을 글쓰기로 채우려고 시도하면서 글쓰기가 변질되었기에 일어나게 된다고 할 것입니다. 세상에 밝지 못한 상태로 일찍부터 글만 쓴 사람이라면 이런 일을 겪게 될 위험이 있을 것입니다. 환경은 변하고 경험은 넓어지며 이해는 달라지는 것이니 말입니다.

글로 추구하던 가치가 더는 무의미해지는 경우도 위의 경우의 연장선상에 있습니다. 세상의 다양한 가치와 현실을 마주하고 보니 글이 자신의 삶을 바칠 만한 것까진 아니었다고 느끼게 될 수도 있습니다. 또는 초심을 유지하고 달성도 했으나, 막상 그 성취가 선사해주는 기쁨이나 만족감이 와 닿지 않는 것이었을 수도 있습니다. 노력에 비해 돌아오는 만족이 적어서 심리적으로 에너지가 고갈되었을 수도 있고 말입니다. 이렇듯 동기를 잃어버린다는 것은 당초의 기대에 부응해주지 않는 결과나 현실의 상황에서 비롯됩니다. 이런 상황에 직면하면 동기에는 수정이 이루어지게 되지만, 그 수정의 결과 글쓰기가 다른 행위로 대체될 수도 있는 것입니다.

이와 다른 경우로는, 초심을 잃지 않고 글쓰기에서 여전히 가치를 느끼며 강력한 동기를 가지고 있었지만, 그 동기가 수명을 다하는 경우도 있습니다. 한 가지 동기가 영원히 지속되는 경우는 생각보다 많지 않습니다. 외부의 상황뿐만 아니라 내부의 상황 또한 끊임없이 변화하고 발전하기 때문입니다. 가령 문학상을 목표로 한 글쓰기의 동기는 문학상을 받고 나면 사라지게 됩니다. 그 이후에는 문학상이 아닌 새롭고 커다란 동기가 형성되어야만 합니다. 또 다른 상위 문학상을 향한 동기는 이전처럼 강한 동기가 되지 못합니다. 등단만 하면 뭐든 할 것 같았던 사람들이 대다수 금방 사라져버리는 데에는, 문단의 보수성 외에도 이러한 개인적 한계가 있습니다. 이때는 자가생성적 목표와 지향을 가진 사람만이 글을 이어가고 그러지 못한 사람들은 글을 사양하게 될 것입니다.

동기의 상실이나 동기의 교체기를 무사히 넘기지 못한 경우 외에도 글을 쓰지 못하게 되는 위기는 찾아올 수 있습니다. 어쩌면 너무나도 당연하지만 간혹 간과하게 되는 이유에서입니다. 아무리 건강한 동기가 지속되고 있어도 작자의 건강이 나빠지면 글은 지속될 수 없습니다. 임종 직전까지 글을 썼다는 유명 작가들의 일화가 있기는 합니다만, 그들도 결국엔 펜을 떨어뜨렸습니다. 건강도 상태에 따라 나쁜 경우는 정말 펜조차 쥘 수 없게 되거나 펜을 쥐어도 아무것도 떠올릴 수 없는 지경이 될 수도 있습니다. 더러는 펜을 쥐었기 때문에 몸이 다시 악화되는 경우도 생길 수 있습니다.

글 쓰는 일은 엉덩이로 하는 일이라고도 하지만 개인적으로는 동의하지 않는 이야깁니다. 엉덩이만 붙이고 있다고 글이 써지는 것은 아니며, 그렇게 몸의 소리를 짓눌러가며 쓰는 글은 갑자기 내리막을 걷게 될 수도 있기 때문입니다. 글을 쓰는 사람일수록 건강관리는 정말 중요합니다. 건강한 몸에 건강한 정신이 깃든다는 말은 너무나도 맞는 말입니다. 자신의 몸이 원활하게 흐를 수 있도록 지속하는 일은 글쓰기 이전에 한 생명으로서 해야 할 가장 필수적이고 근본적인 과업입니다. 글쓰기가 너무 지겨워서 그냥 끝장을 내버리고 싶은 것이 아니라면 잠시 쉬어가기도 하고 다른 엉뚱한 곳에 시선을 돌리기도 하면서 스스로를 환기시킬 수 있어야 할 것입니다.

아이러니하지만, 동기를 상실하게 되어 글을 못 쓰게 되는 경우도, 자신의 글쓰기를 너무 몰아붙여 건강 문제를 겪으면서 일어난 심리변화가 원인이 될지 모릅니다. 글이란 글자가 쓰인 만큼 성취를 주는 행위가 아님을 명심해야 합니다. 그 글을 쓰면서 내 마음이 정신이 건강히 움직인 만큼 성취가 되는 행위입니다. 한 글자 더 쓰고 마음을 고갈시켜버리는 것보단 한 글자 덜 쓰고 마음을 살려 놓는 것이 글 쓸 때 찾아오는 위기를 미리 예방하는 좋은 방법이 될 수 있습니다.

7. 몰두할 곳을 지닌다는 것

인생은 짧고 예술은 길다는 말이 있지요. 이때의 예술은 원래 의학을 의미하는 말이었지만, 그 정도로 끝이 없는 분야라는 점에서 지금 아는 예술로 이해해도 무방합니다. 아시다시피 예술이란 정해진 한계가 없는 분야입니다. 유한한 인생으론 정복할 수 없는 영역이지요. 누군가는 여기서 허무감을 발견할 수도 있겠지만 어떤 이에게는 그 무궁무진함에서 비롯되는 기대와 설렘을 느낄 수도 있을 것입니다.

우리는 살아오는 동안 대부분 끝이 있는 것들에 힘을 쏟아왔을 것입니다. 초중고 내내 배우고 익혔던 공부는 수능시험이라는 끝이 있었고 대학 시절의 공부는 대부분 취업이라는 끝이 있었을 것입니다. 직장에서 익힌 지식조차도 대부분 퇴직과 함께 끝이 나곤 했을 것입니다. 그런데 끝이 있는 것일수록, 또 그 끝이 짧은 것일수록 우리가 얻을 수 있는 것에는 한계가 있었을 것입니다. 깊이가 제한적인 깨달음은 그 개수가 많을지라도 세상을 이해하는 데 제한적인 도움밖에는 되지 못했을 것이기 때문입니다.

깊이와 폭은 다른 문제입니다. 폭넓은 지식이 삶에 유익하지 않다고 할 수는 없지만, 삶에 결정적인 역할을 하는 것은 깊이를 가진 앎들입니다. 같은 층위에서 폭만 넓힌 앎들은 다른 층위의 대립하는 것들과 마찰을 겪거나 결국 똑같은 것들 사이를 왔다 갔다 하게 하곤 합니다. 가령, 같은 수준의 지식은 어떤 안건에 대해 찬성이냐 반대냐를 외치게 할 수 있을 뿐, 제3의 합의 도출은 이끌어주지는 못합니다. 깊이가 함께 더해질 때에야 대립이나 마찰은 개선되고 모양이 아니라 질적으로 다른 것들로 전환될 수 있는 것입니다.

또한 우리는 아는 것을 반복할 때 쉽게 권태를 느낍니다. 조금이라도 새로운 것, 조금이라도 발전적인 것이 기대될 때에야 우리들은 의욕을 갖고 무언가에 대해 능동적인 힘을 발휘할 수 있습니다. 심지어 사람조차도 항상 똑같은 반응 똑같은 모습을 보여주는 사람보다는 알면 알수록 새로운 면모를 발견할 수 있게 해주는 사람에게서 끌림을 느낍니다. 아직 내가 모르는 무엇인가가 있다는 것, 그리고 그것에 대해 다가갈 가능성이 있다는 것은 신선한 공기처럼 우리의 마음에 생명력과 활기를 불어넣는 것입니다.

끝이 없는 것이 곤란함을 줄 때가 없는 것은 아니지만, 끝이 없다고 하여 예술이 무한한 달리기인 것은 아닙니다. 끝없는 '일'과는 다르게 예술이란 누가 강요한다거나 하루마다 정해진 의무치가 있는 것이 아니므로, 예술은 가능성을 실현해볼 수 있는 공간으로 작용할 뿐, 삶을 벅차고 쫓기게 만드는 분야는 아닌 것입니다. 오히려 끝이 없기에 누구도 정복하려는 마음을 가질 수 없는 공평하고 자유로운 공간입니다.

결과를 위한 일시적 몰입이 아니라 삶 전체를 두고 몰두할 수 있는 영역이 있다는 것은, 우리가 어느 순간부터 퇴보를 겪기보다 죽는 날까지 끝없이 깊어질 수 있는 가능성을 갖게 된다는 의미와 같습니다. 우리의 신체와 달리 우리의 정신에는 노화라는 것이 없고 뇌는 쓰면 쓸수록 끊임없이 발달하기 때문에, 스스로를 무한한 예술에 접목시킴으로써 삶의 다른 분야에서까지 성숙함과 원만함을 누릴 수 있도록 할 수 있는 것입니다. 물론 맹목적인 몰두와는 구분이 필요할 것입니다. 맹목적인 몰두는 그 분야밖에는 알지 못하고 세상에는 어두워지게 만드는 방식이지만, 정체되지 않고 자율성을 실험하며 계속 나아가기 위한 방식으로서의 몰두는 우리를 항상 예열된 상태로 만들어 그 깊이를 다른 분야로까지 옮겨가게 해주는 것이기 때문입니다.

그리고 그중에서 '시'에 몰두한다는 것은, 나와 타인이 겪고 느끼게 되는 삶의 진실에 대해 끊임없이 고민하고 관심을 가진다는 의미겠습니다. 또한 타인을 단순히 지시의 대상, 투쟁의 대상, 연민의 대상, 협상의 대상, 공략의 대상, 조정의 대상 등으로 객체화시키기보다, 똑같이 삶이라는 문제 앞에 선 주체로 헤아린다는 것이겠습니다. 그것도 관념이나 이론 속에서가 아니라 체험적이고 실제적인 순간들 속에서 말입니다.

한편으로 시는 그 함축적 특성 때문에 다른 어느 영역에서든 절묘하고 효과적인 행동과 표현을 하는 데 도움을 줄 것입니다. 예술이 아니라 실용 영역에서도 군더더기를 덜어내고 본질을 다루는 데 도움이 되겠습니다. 언어 자체에서 항상 새로운 조합을 탐구하는 만큼 편견이나 관행 관습 등에서 비교적 자유로울 수 있도록 해주는 측면도 있겠습니다.

몰두할 곳이 있다는 것은 자기의 정신에게 계속해서 밥을 먹이는 일입니다. 시 자체로는 무언가를 성취해내지 못할지라도 시에 몰두한다는 사실 자체가 이미 많은 효과들을 줄 수 있는 셈입니다. 조금씩 성장하는 자신의 정신의 모양과 크기를 지켜보는 것도 시가 줄 수 있는 큰 즐거움이겠습니다.

8. 한용운 『님의 침묵』을 통해 읽는 시 쓰기의 자세

한용운 시인의 『님의 침묵』은 많이 익숙한 시집일 것입니다. 그런데 「님의 침묵」 단편을 읽어본 사람은 많아도 그 시집 전체를 읽어본 사람은 별로 없을 것입니다. 아마 예스럽고 교과서적인 시집이라고 생각하거나 이별과 사랑에 관한 시집이라고 생각해서일지 모르겠습니다. 언젠가 기회가 되시면 한용운 시집을 읽어보시길 바랍니다. 저작권이 만료되었으므로 인터넷 검색으로도 구할 수 있을 것입니다. 그리고 '님'이 없는 상황에서 화자가 간직한 태도와 자세가 무엇인지에 대해 생각해보시면 좋겠습니다. 글쓰기란 오랜 '기다림'을 감내하는 여정일 수 있기 때문입니다. 전편을 읽기가 벅찬 분들은 제가 이야기해드리는 내용만 읽고 헤아려 보셔도 좋을 듯합니다.

해당 시집을 읽으면 90편(88편+'군말'+'독자에게') 내내 한 가지 굳은 마음을 일관되게 유지하는 화자의 모습에 놀라게 됩니다. 요즘 시대에 '님'은 간직하기는 어렵지요. 자신의 목표나 사회적 성취를 위해서라면 갈아타기 환승하기 배신하기 외면하기 등이 만연한 것이 세상이니까요. 사회가 점점 가속화되고 사람들의 주체성이 강해짐에 따라 한결같은 마음이라는 것은 구시대의 잔재이고 뒤처진 사람의 특성으로까지 여겨지곤 합니다. 누구도 아쉬운 입장이 되고 싶지 않은 사회에서, 연인이든 어떤 관계에서든 서로 자신에게 소홀한 상대방을 나쁜 인간으로 만들기에 바쁘고 조금만 맞지 않는다고 생각되면 가차 없이 끊어버리는 것이 사회 속 관계나 신의의 풍경입니다.

『님의 침묵』에서 '님'은 끝날 때까지 내내 화자에게 아무런 응답도 해주지 않는 존재입니다. 화자로서는 지칠 법도 하고 되레 미워질 법도 하지만 화자는 님을 향한 일관된 마음을 무르지 않습니다. 오히려 님을 걱정하며 지켜주려고 하며(〈비방〉, 〈참말인가요〉), 님의 부재에서 불러일으켜지는 감정을 자신의 힘의 원천으로 만듭니다. 시집 전체를 읽고 보면 「님의침묵」의 명 시구인 '님은 갔지마는 나는 님을 보내지 아니하였습니다'라는 시구가 단순히 잊지 못해 쓰인 시구가 아님을 알게 됩니다. 화자는 님이 부재하는 상황을 수용하는 과정에서 님의 부재를 님이 있는 것과 동등한 수준의 전환적 의미로 헤아리게 되었던 것입니다. 그래서 님의 부재를 부정하지 않고 님과의 현재 거리를 긍정하는 방식으로(〈사랑의 측량〉), 그러나 님과의 연결고리에는 변함이 없도록 처음의 마음을 지켜가는 방식으로 화자는 님이 있을 때와 없을 때의 일관성을 유지하고 있는 것입니다(〈의심하지 마셔요〉).

누군가는 이러한 모습을 오해하여 구질구질한 태도라고 비난할지도 모릅니다. 물리적으로 자신을 떠난 님을 마냥 기다리고 염원하는 것은 미련하고 어리석은 일로 보일 수 있습니다(〈잠꼬대〉). 그러나 화자는 말합니다, 이것은 정조가 아니라 사랑이라고(〈자유정조〉). 님이 화자에게 돌아와야만 가치를 지니는 것이면 '정조'였겠지만, 화자는 이별을 긍정하고(〈이별〉) 님이 꼭 매순간 나와 함께 있지 않을 수 있음을 헤아립니다. 그래서 님을 만나는 것 이상으로 자신에게 님이 있다는 사실에서 더 큰 의미를 느낍니다. 님에 대한 마음은 감정이나 운명에 수동적으로 이끌려서 생긴 마음이 아니라 자유의지에 의한 선택이자 능동적 행보인 것입니다. 그래서 화자의 아파하는 모습(〈차라리〉)을 보고 사랑을 그만 끊고 새 사랑을 찾으라 하는 사람이 있어도, 그러한 사람들과 세상에 대해 '대해탈은 속박에서 얻는 것'이라면서 오히려 사랑의 연결고리를 더 강하고 질기게 만듭니다(〈선사의 설법〉).

현실 속에서도 그러한 사람들을 보게 될 때가 있습니다. 실리를 따지고 보면 그렇게 애써봐야 돌아오는 것도 없고 빨리 단념하고 다른 길로 돌리는 것이 좋은데, 어떤 조언을 해주어도 고집을 버리지 않고 지속하는 사람들 말입니다. 세상은 그러한 사람들을 문제가 있는 상태로 여기고 교정해주려고 하지만, 잘못하면 그 사람이 가진 모든 불씨를 꺼뜨려버릴 수도 있다는 것을 간과하곤 합니다. 불이 꺼진 사람은 번뇌나 고통도 사라지겠지만 얼마 안 가서 그 생명도 소멸될 운명에 처하게 될 것입니다. 불교적인 입장에서 보면 현세에 남은 업이 없어져 더는 존재할 까닭이 없게 되는 것인지도 모르겠습니다. 이것은 종교적 지향점을 가진 사람들에게는 좋은 결과일지 모르나, 일반적인 세속의 사람들에게는 좋은 결과는 아닐 겁니다. 거대 인간사가 대개 욕망의 파동 속에서 이루어졌고, 그 역사의 어느 것도 우리 자신의 현재와 무관하지 않기 때문입니다. 잘못된 방법에서의 초탈은 오히려 삶의 의미를 소멸시키고 세상의 방관자가 되게 할 수도 있는 것입니다.

화자가 추구하는 해탈의 방식은 '번뇌의 소멸'이 아니라 '번뇌의 강화'의 방식입니다. 만약 '님'이라는 대상이 돈이나 권력, 물욕 같은 사사로운 것이었다면 그 번뇌는 화자의 삶을 망가뜨리기만 했을 것입니다. 하지만 화자는 오히려 번뇌를 통해 현재의 삶을 의미있게 유지해갔습니다. '님'이란 단순히 사적인 욕망의 대상이기만 한 것이 아니라 개인 안에서도 근원적이고 사회 맥락적으로도 타당한 염원의 대상이었기 때문입니다. 그가 바라는 것은 님의 '사랑'일 뿐(〈「사랑」을 사랑하여요〉), 님으로부터 비롯될 제3의 어떤 것이 아니었기 때문입니다.

님을 향한 기다림에서 화자가 보여주는 능동성은 그가 님의 부재를 통해 오히려 힘겨운 현실을 견딜 즐거움과 힘을 얻고, 삶을 아름답게 만드는 가능성을 창출해낼 수 있도록 돕습니다(〈수의 비밀〉, 〈당신을 보았습니다〉, 〈생의 예술〉). 때로는 그것이 건강하고 씩씩한 방식이 아니라 실컷 우는 방식(〈쾌락〉)으로도 이루어지지만, 님이 있기 때문에 무감각 대신 울음이라는 감정이라도 넉넉히 느낄 수 있습니다. 그래서 이러한 화자를 보고 화자의 태도가 수동적이니 집착적이니 하는 평가를 내리면서 님을 잊으라 하는 것은, 화자에게 삶을 그만 내려놓고 참혹한 현실에 승복하라는 의미밖에는 되지 않습니다.

화자가 추구하는 사랑의 성격도 주목해볼 필요가 있습니다. 그가 추구하는 사랑은 불변의 이별 없는 사랑이 아니었습니다. 만나면 이별이 있음을 알지만, 이별이 있으면 다시 만날 때가 있음을 믿는, 일종의 순환 고리로 지속되는 사랑이었습니다(〈님의 침묵〉). 혼자만의 낭만에 빠져서 님을 부르는 사람들은 종종, 내가 사랑하면 나를 사랑해주고 그 마음은 또 일편단심으로 변하지 않는 님을 기다리곤 합니다. 하지만 화자는 그런 환상속의 존재는 님이 될 수 없음을 압니다. 화자의 님은 현실의 원리를 모두 적용 받는 실존적인 존재입니다. 화자의 마음이 20대의 청춘남녀의 불같은 마음이나 사춘기 소년소녀들의 망상과 구분되는 지점은 바로 이 부분입니다. 한용운은 시집의 첫머리에서 이러한 부분에 대한 구분을 두었는데, 그들의 '님'은 님이 아니라 타인의 가면을 쓴 자기 복제물, 즉 '너의 그림자'라고 일컬었습니다(〈군말〉).

화자의 님은 자신의 의지와 무관하게 존재할 수 있음을 인정받은 분명한 타인이었습니다. 그래서 나를 두고 떠나갔다고 나쁜 인간이 되지 않고 오지 않는다고 괘씸한 것이 되지 않았습니다. 화자는 꿈의 세계에서 살고자 하는 것이 아니라 오히려 현실에서 살고자 했기 때문에 님이 돌아오는 것 외에 무리한 바람을 갖지 않았습니다. 오히려 이별이 없으면 그건 '님'이 아니라고까지 생각했습니다(〈최초의 님〉). 그러면서 또한, 다시 만나지 않는다면 그것은 '님'이 아니라 '길가는 사람'이기에 님은 돌아올 것이라는 확신을 갖기도 했습니다.

님이라는 대상 자체가 화자에게 살아갈 힘을 줄 수 있었던 것은 이러한 까닭 때문이었습니다. 화자가 님의 자율성을 존중하고, 또한 님에게 적용되는 현실의 원리를 긍정한다는 점에서 우리는 과연 '우리의 님', '나의 님'은 무엇인가, 그런 님을 능동적으로 기다리고 고대할 수 있는 태도는 무엇인가에 대해 생각해볼 기회를 갖게 됩니다. 만약 우리의 님을 '시'로 둔다면, 우리는 시 쓰기에서 지녀야 할 마음에 대해 참고를 얻을 수 있을 것입니다. 현실의 원리를 뛰어 넘는 망상적 시 쓰기는 우리의 '님'으로서의 '시'가 될 수 없고, 붙잡으려고 온갖 수를 써야만 써지는 시 또한 '님'으로서의 '시'가 될 수 없으며, 잠시 놓고 있다고 잃게 되어 노심초사할 수밖에 없는 것 또한 '님'으로서의 '시'가 아님을 생각해볼 수 있을 것입니다.

이뿐만 아니라, 님을 오직 나를 위한 무엇으로만 여기지 않고 님을 지키기 위해서라면 '황금의 칼'도 되고 '강철의 방패'도 될 수 있는 화자의 모습을(〈오셔요〉) 통해, 우리는 때로 '님'으로서의 '시'를 지키기 위해 스스로를 변신시키거나 확장시켜야 하는 순간이 있을 수 있음을 헤아려볼 수 있습니다.

화자가 만약 님에 대한 마음을 지키지 못했다면, 그 님이란 어느 순간부터 백마 탄 왕자처럼 문득 나타나 나를 데려가주는 '님'과 혼동이 될 수도 있었을 것입니다. 그렇게 되면 그런 님이란 세상에 존재할 수 없는 존재이므로 님의 부재는 결국 절망과 좌절, 비참함으로밖에 치달을 수 없었을 것입니다. 하지만 화자는 그 마음을 지켰기 때문에 시집 내내 님이 비록 나타나지 않았어도 절망으로 추락하는 대신 오히려 초월과 상승을 이루게 되었습니다(〈고대〉). 즉, '시'를 더 이상 염원하지 않아도 '시'의 부재를 느끼지 않게 되는 순간이 올 수 있는 것입니다.

시인이 보여주는 태도를 통해 우리는, '님'이란 원래부터 '님'이 아니라 내가 '님'을 지켰을 때에 존재할 수 있는 것임을 알게 됩니다. 순간의 대박이나 완벽한 해법만을 바라고 스스로 '님'을 잃어버린 것이 요즘의 사회입니다. 화자처럼 죽음을 각오할 필요까진 없겠지만, 대상이 사람이든 행위이든 무엇이든 그것과의 인연이 다할 때까지 끊임없이 믿고 사랑하고 헌신할 수 있는 마음은, 그 대상과의 끝이 어디로 귀결되든지와 상관없이 그 스스로를 먼저 이롭게 하고 성장하게 해줄 것임에는 틀림이 없겠습니다.

시대가 아무리 재빠르고 급변한다고 할지라도 우리는 언제나 결과보다는 과정을 살아갑니다. 『님의 침묵』은 님만을 기다리던 화자가 결국 기다림을 초월해버리는 모습을 통해, '님'이 없는 현재를, 가령 '님으로서의 시'가 부재하는 시간들을 어떻게 살아가야 하는가를 헤아리게 해주는 시집이었다고 할 것입니다.

〈 부록 〉
- '정신'에서 시 찾기 -

협상

길 한가운데에 세상이 테이블을 놓고 앉아 있었다
들어서는 길마다 다시 테이블을 놓고 앉아 있었다
길을 가는 일이란 하는 수 없이
테이블을 사이에 두고 세상과 마주해야 하는 일임을 알았다

하지만 언제나 먼저 테이블에 앉아 있는 세상이 마음에 들지 않아
대로 한복판으로 가서 직접 테이블을 펼쳤다

우리는 서로 팔짱을 낀 채 노려본다
세상은 저기서 나는 여기서
의자는 저마다 하나씩 비어 있고
누구에게도 완승이란 없다

맞춰줄 때 가는 거라고 행인들은 나를 독려하기도 했으나
내가 세상의 것인 적은 있었어도
세상이 나의 것인 적은 한 번도 없었으므로
이곳이 무덤이 되어도 나는 밑질 것이 없다

내가 테이블을 펼쳤을 때 이미 협상은 시작된 줄도 모르고
세상은 패를 꺼내지도 않고 가만 뻗대고만 있다

어물쩍 내 패를 넘겨버릴 속셈인지는 모르겠으나
세상이 내 앞에 두 발로 걸어오기 전까지
나는 한 걸음도 이곳을 벗어날 생각이 없다

(2019)

이 시는 글을 쓰는 삶의 어려움을 겪는 중에 다시 각오를 다지며 쓰게 된 시입니다. 글을 쓰는 삶이 녹록치 않을 것이라는 것을 모르지는 않았지만, 한참 일할 나이에 안정된 직업을 갖지 않고 세상을 부유하는 것은 스스로를 많은 시험대에 오르게 하는 일이었습니다. 사회의 편견도 편견이었지만 더 늦기 전에 현실적인 길로 돌아와야 한다는 세상의 목소리와 수시로 맞서야 했습니다.

거리를 부유하면서 느꼈던 세상의 모습은 좀 비겁해보였습니다. 언제나 유리한 입장에서 개인의 생계를 붙들고 협상을 주도했습니다. 아무리 좋은 카드라고 내놓아 보아도 세상은 그것이 뭐가 좋은 카드냐는 눈빛만 보내왔고, 자신의 볼품없는 카드는 아주 비싸게 받아줄 것을 요구했습니다. 어떤 이들은 그렇게라도 협상을 성사시키는 것이 중요하다고 말하곤 했지만, 저는 그런 세상의 태도를 순순히 받아들이고 싶지 않았습니다.

따지고 보면 저도 밑질 것이 없다는 생각이 들었습니다. 세상이 제게 등을 돌릴지라도 어차피 세상은 저의 것이었던 적이 없었습니다. 항상 거만하게 앉아서 우리를 그 앞까지 걸어오게 만드는 세상과 맞부딪쳐 보고 싶었습니다. 세상이 만든 판이 아니라 제가 만든 판에 세상을 데려와 보고 싶었습니다.

저는 실제로 현실적인 위태로움을 감수하고 글과 관련된 행동들을 계속 이어갔습니다. 결국 커다랗게 한 번 꺾이는 때를 맞게 되지만, 당시의 굳은 의지는 다시는 갖기 어려울 만큼 호방하고 담대한 것이었습니다. 어쩌면 그때 그 시기가 아니면 가질 수 없었을 마음이었습니다. 어른이 되고 나면 그 누구라도 쉽게 팔짱을 끼고 세상을 노려보지는 못하게 될 테니 말입니다.

이렇게, 그 순간이 아니면 다시 가질 수 없을 마음의 태도도 시로 이어질 수 있었습니다.

오뚝이 세우기

오뚝이는 다리가 없지만 설 줄 압니다
짚을 손이 없어도 기울어지는 것을 세울 줄 압니다
그러니, 그만
멈춰주지 않으시겠습니까?
밀린 몸이 다시 밀리니 멀미가 나는군요
제 둥근 밑바닥이 못미덥긴 하시겠지만
몸이 기우는 것은 바로서기 위함입니다
가끔 넘어질 듯 아슬아슬하기도 하지만
땅바닥에 가까워지는 만큼 중심은 또렷해집니다
속력이 잠시 0에 머물기도 하지만
0의 감각을 익힐 수 있는 건 그때뿐이므로
그 정지를 가만 지켜봐주세요
친절하게도 저를 받쳐주신 덕분에
자꾸 반대쪽에서 머리를 찧는군요
계산을 틀어지게 하는 것은 언제나 외압입니다
땅바닥을 흔드는 것도 그들의 불안입니다
중심은 언제나 자신의 일이었으므로
저를 밀어 중심을 잡으시던 일도 이제는-

멈추어야 할 때가 아닐는지요?

(2019)

사람들은 자신의 눈에 차지 않는 이들의 모습에 대하여 간섭의 말을 던지곤 합니다. 정말 상대를 위하는 마음으로 도움이 되는 말을 건네주는 경우도 있지만, 그저 상대가 겪는 시행착오를 지켜보기가 답답하고 못미더워서 간섭을 하는 경우도 있습니다.

그러나 스스로 시행착오를 겪은 후에 안정을 찾게 되는 것과 도전의 기회 없이 타인의 간섭을 통해 안정을 얻게 되는 것은 전혀 의미가 다릅니다. 나중에 예측불허의 상황이 왔을 때 다시 안정을 찾아가는 과정에서 둘은 분명한 차이를 보이기 때문입니다. 언제나 옆에서 지도해줄 수 있는 입장이 아니라면 섣부른 간섭은 오히려 미래의 위험을 키울지 모릅니다. 과정이 서툴더라도 간섭하기보다는 무사히 끝낼 수 있게 보조해주는 것이 더 좋은 것입니다.

물론 타인의 간섭을 통해 안정을 이룬 사람들은 그렇지 않은 사람보다 안정의 시기가 빠른 특징은 있습니다. 때에 따라 조금 빨리 안정성을 얻은 덕분에 큰 시련에서 벗어나게 될 수도 있고, 조금 늦게 안정성을 찾은 탓에 큰 상처를 갖고 살아가게 되는 경우도 있음을 생각하면, 타인의 간섭이 그렇게 나쁜 것만은 아닐 겁니다.

그러나 그 간섭들이 과연 어떠한 마음에서 비롯되었는가는 조금 생각해볼 일입니다. 가령 학부모들의 경우 아이들의 행복한 삶보다는 안정된 삶에 더 관심이 많은 경우가 있습니다. 그 내면의 동기를 보면, 집안의 명예를 지키고 자식에 대한 자신의 기대치를 충족시키는 등, 아이의 안정이 아니라 오히려 자신의 안정을 위한 마음인 경우가 있습니다.

누구의 안정이든 안정이란 중요한 것이기는 하지만, 모두가 소극적인 안정만을 추구한다면 삶은 점차 협소해지고 다양성은 사라질 것입니다. 모험이 사라지면 예측을 벗어난 일에 대해 사회는 더 쉽게 당황하고 혼란하게 될 것입니다. 비좁은 안전지대에 대한 무의미한 경쟁은 과열될 것입니다. 변화를 두려워하는 마음은 결국 삶을 천천히 메마르게 한다는 사실을 알아채기는 쉽지가 않습니다.

저는 주변의 간섭으로부터 비교적 자유롭게 살기는 했습니다. 그러나 그렇지 못한 사람들의 경우를 익히 알고 있었습니다. 이 시는 제가 스스로 겪어낸 어려움과 시행착오를 긍정하고, 타인에게 간섭받는 이들의 입장을 대변해보고 싶은 마음에서 쓰게 된 것이었습니다.

이렇듯 자기긍정과 대변의식도 시로 쓰일 수 있는 것이었습니다.

더 많은 사랑의 이유

모기는 왜 피를 두 번이나 빨아먹고도 모자라
다시 피를 먹으러 날아왔을까

결국 모기는 나에게도 빨간 부분이 있다는 것을 확인시켰다

평소엔 꽃물과 수액만 먹고 사는 것이
새끼들을 위해 목숨 걸고 피를 빠는 것을 보면
그것도 제법 슬픈 운명이라는 생각이 들었다

어째서 제 피만으로 생명이 되지 못하는가는
단연 모기만의 문제는 아니었기에
과연 나는 모기를 잡고 살아남을 가치가 있는 생명인가를 고민해야 했다

생명의 경중을 재기는 어려운 일이지만
모기는 피 한 방울로 수백 개의 알을 낳는다

수백 수천 방울은 모아야 비로소 무언가를 할 수 있는 내가
모기보다 살아남을 이유가 있다면
모기는
수백 개의 알을 낳고도 다시 수백 개의 알을 낳으려 하기 때문일까

내가 만약 피로 나를 불리는 일에만 집중한다면
어느 날 밤 모기 대신 죽어도 별로,
슬플 일은 없겠다

모기도 사랑은 한다

그러므로 나에겐
다른 것들까지도 사랑해야 할 까닭이 있는 것이다

(2019)

이 시는 어느 날 밤 모기에 시달리다가 생의 가치에 대해 생각해보면서 쓰게 된 시입니다.

우리는 모기를 잡을 때 죄책감을 느끼지 않는 편입니다. 모기가 작은 생명인 탓도 있지만, 모기가 먼저 우리를 공격해오기에 정당방위라고 느끼는 마음도 있는 듯했습니다. 그러나 모기의 흡혈은 우리를 괴롭히기 위한 것이 아니라 자식을 낳고 삶을 영위하기 위한 일이었습니다. 그런 측면에서 보면 사람도 다른 생명에 대해 모기와 같은, 혹은 모기보다 더한 일을 이미 충분히 저지르고 있었습니다.

그럼에도 왜 모기보다 사람의 목숨이 소중하다고 생각되는 것일까 생각해보았습니다. 우리가 단순히 사람이기 때문에 사람을 소중하게 여기는 것 외에 다른 이유는 없는지 궁금했습니다. 만약 그런 것이 없다면 '내가 모기 대신 죽은들 할 말이 없는 것은 아닌가' 하는 의문까지 들었습니다.

그러다 문득 모기가 두 번 세 번 계속해서 제 피를 빨아먹으려고 했다는 사실이 떠올랐습니다. 한 번의 피로도 충분히 알을 낳고 새끼를 기르는 데는 지장이 없었습니다. 그러나 계속해서 흡혈하려고 했다는 것은 그저 자기 생명의 번식과 확장 외에는 아무런 관심이 없었기 때문이라는 것을 깨달을 수 있었습니다.

그 순간에 제가 모기를 죽이면서까지 살아남을 수 있는 정당성은 모기의 실책에 있음을 알았습니다. 만약 제가 모기처럼 다른 생명의 피로 제 피를 불리는 일에만 관심을 둔다면, 그때는 정말 모기 대신 죽어도 할 말이 없을 거라는 생각이 들었습니다. 그러면서 제가 지향해야 할 삶에 대해 생각하게 되었습니다. 모기는 단 한 방울이면 수백 개의 알을 낳는데 나는 무슨 일을 해야 수백 수천 방울의 피에 값할 수 있을까 하고 말입니다.

모기도 사랑은 한다는 사실이 떠올랐습니다. 그 사랑은 자신의 종, 자기 핏줄에 한한 사랑이었습니다. 그렇다면 저는 종이나 혈연의 울타리를 넘어서 다른 것들까지 사랑해야 할 까닭이 있다고 생각했습니다. 모기와 스스로의 목숨을 빗대어 보는 생각이 삶의 방향성 문제에 대한 물음으로 확대되었던 순간이었습니다.

스스로의 삶의 가치와 방향에 대한 고민도 시가 될 수 있는 것이었습니다.

사람의 징표

백색의 방에서 모든 적을 쓰러뜨리고 마침내
최후의 적이
나
자신임을 알고 말았을 때

모른 척 나를 껴안고
이제 그만
이제 그만
우리 헤어지기로 하자,

싸움을 멈추고

우린 하나가 되기보다
영원히 서로를 놓아주는 길을 택하자

하나는 과분하다고
둘을 주고
셋을 주고
그것으로 다시 하나를 만들게 하는 하늘을
헐거운 신발로 벗어놓고

두 팔을 자른 새들과
두 다리 마저 자른 물고기들처럼

우리가 우리일 수 없었던 때로-

그러나 너는,
모두가 팔이 잘린 비너스처럼
지켜보기만 할 순 없다고

작아지지 말고 물러서지 말고
두 팔을 조금만 더

허수아비처럼 빈 벌판을 지킬지라도
누구든 길을 가다 안기고 싶은 때가 있는 거니까,

우리가 결국
새 혹은 물고기로 헤어질지라도
영원히 사람의 기억을 헤엄치는 행복한 동물이 되자고-

그렇게 나는
너를 다시 놓아주고 말고

(2019)

저는 여러 현실적인 어려움 속을 헤매고 있었습니다. 안팎으로 노력이나 의지만으로는 해결할 수 없는 일들과 해결한 듯싶다가도 다시 반복되는 문제들로 가득했습니다. 무엇 때문에 이런 어려움들을 겪게 된 것인지 계속해서 물음을 가질 수밖에 없었습니다.

긴 성찰의 끝에 어느 날 제가 겪는 문제의 근본적인 원인은 저 자신과의 불화에 있음을 알았습니다. 우리는 내 몸을 내 몸이라 하여 마음대로 할 수 있는 것처럼 생각할 때가 많았습니다. 팔을 움직이거나 고개를 돌리는 것쯤은 우리 의지대로 할 수 있는 일이었지만, 심장이 뛰게 하는 것이나 숨을 쉬게 하는 것, 신경물질의 분비 같은 것들은 생명 본질의 차원에서 이루어지는 일이었지, 의지로 좌우할 수 있는 것들이 아니었습니다.

이 말은 우리가 우리의 몸을 살피지 않고 정신에만 몰두했을 때 그 정신과 몸은 괴리를 겪게 된다는 것이었습니다. 예를 들어 자야 하는데 잠을 이루지 않는 것, 괴로운데 괴로움을 덮어버리는 것 등은 몸이 자신의 시스템을 원활히 유지하기 위해 취하는 행동들을 묵살하는 것이었고, 정신이나 의지가 튼튼하다고 몸까지 괜찮았던 것은 아니었습니다.

그 불화는 저의 고집스러움 때문이었습니다. 저의 억지스럽고 부자연스러운 행동들이 스스로의 몸에 어려운 상황들을 안겨주고 있던 것이었습니다. 저는 저의 그런 모습들, 즉 고집스러움으로 대표되는 제 또 다른 자아를 극복할 필요가 있었습니다. 바람직한 것은 서로가 화해하는 일이었지만 그것이 진작 가능했다면 이런 어려움까지 이르지는 않았을 것이었습니다. 저는 그 자아를 쓰러뜨리든가 함께 끝에 이르는 수밖에는 없었습니다.

그런데 그 자아와 결전을 앞둔 순간, 그 자아가 입을 열었습니다. 그리고는 그 고집스러움이 어째서 형성되었는지, 고집을 버린다는 것이 어떤 의미인지에 대해 제게 이야기했습니다. 그러면서 아무리 고통스러울지라도 보이는 것들을 못 본 척 내버려둘 수는 없지 않으냐고, 글을 쓴다는 것은 어딘가 아무도 손을 뻗어주지 않는 곳에서 홀로 헤매고 있는 존재의 손까지도 맞잡아주는 일이 아니었냐고, 제 결정을 만류해왔습니다.

저는 그 자아를 지금 쓰러뜨리지 않으면 다시는 대적할 수 없게 될 것임을 알았습니다. 하지만 저는 결국 그 자아를 살려 두기로 했습니다. 단 한 사람이라도 저의 목소리를 필요로 하는 사람이 있다면 현재의 고난을 이겨낼 필요가 있다는 생각에서였습니다.

남들에겐 보이지 않는 장면이었지만, 저 자신과의 대결의 순간은 매우 값진 시적 순간이었습니다.

봉화

까치 한 마리가 나무 끝에서 봉화를 피워 올렸다

한 개비 성냥개비처럼 타들어가는 외침
옆 나무의 까치가 받아

다시 봉화가 솟아올랐다

숨어 있던 까치들 차례로 꼭대기로 올라
젖은 길이
고개를 들어올렸다

눈동자가

환했다.

뜻은 언제나 그늘 밑에서 확고해졌던 것처럼
분명해진 마음

건네받은 봉홧불 바라보며

이어가야 할
어느 봉우리에 대해 생각했다

(2019)

당시 저는 도전했던 일들이 계속 성취로 이어지지 않아서 고개를 푹 숙인 채 길을 걷고 있었습니다. 그때 문득 까치가 지저귀는 소리가 들렸습니다. 고개를 들어보니 나무 꼭대기로 까치가 솟아오르고 있었습니다. 까치는 꼭대기에서 사방을 둘러보았습니다. 비가 그치고 이제 막 하늘이 밝아오던 무렵이라, 그 모습이 참 기개 있고 환하게 보였습니다.

그런데 그 다음 나무에서도 또 까치 한 마리가 꼭대기로 솟아올랐습니다. 그리고 다시 그 뒤의 나무에서도 까치가 솟아올랐습니다. 마치 그 봉수대의 봉홧불이 차례차례 켜지는 모습 같았습니다. 그 까치들은 봉수대를 지키는 병사들 같았습니다. 당당한 포즈로 하늘을 향해 지저귀는데 사방이 밝아보였습니다.

문득 다음 나무의 봉화는 제가 피워 올려야 할 것만 같은 생각이 들었습니다. 가라앉았던 기분이 풀리고 굳건한 마음이 들기 시작했습니다. 지금의 실패에 좌절할 것이 아니라 저 먼 곳까지 불을 이어갈 의무가 있다고 생각했습니다.

고개 숙인 저를 깨워준 까치가 고맙게 느껴졌습니다. 제가 글을 이어가야하는 까닭을 되새길 수 있었습니다. 그리고 알았습니다. 그 장면을 만든 것은 가슴 깊은 곳에서 꺼지지 않고 있던 열망이었음을 말입니다.

- 맺는 말 -

한 순간이라도 누군가 시로 간직할 때마다
세상은 그만큼 소중해진다고 믿습니다.

한 사람 한 사람의 순간들로 세상이 아름다워지기를,
세상은 다시 그 한 사람의 진실을 소중히 간직해주기를

바라봅니다

2021. 04. 28. 이광재

---

* 이 책과 함께해줄 출판사를 기다립니다.
fadelessheart23@gmail.com